愛称《あいしょう》&《アンド》ヒーロー名《めい》
デク
緑谷出久《みどりやいずく》と
オールマイトが招待《しょうたい》を
受《う》け訪《おとず》れたのは……
一万人以上《まんにんいじょう》の科学者《かがくしゃ》たちが住《す》む
海外《かいがい》の人工島《じんこうとう》《I《アイ》・アイランド》
オールマイトと
親友《しんゆう》・デヴィットの再会《さいかい》——
過去《かこ》
オールマイトの過去《かこ》もあきらかに!
出久《いずく》の同級生《どうきゅうせい》も
ぞくぞく登場《とうじょう》!?

出久《いずく》と同《おな》じ
“無個性《むこせい》”の少女《しょうじょ》
メリッサとの
出会《であ》い——
オールマイトの危機《きき》!?
敵《ヴィラン》、襲来《しゅうらい》!!
島《しま》にいるすべての
人間《にんげん》が敵《ヴィラン》の人質《ひとじち》に!
立《た》ちあがる
ヒーロー科《か》の生徒《せいと》たち!!
すべての人《ひと》を救《たす》けるため
Plus Ultra!!
更《さら》に向《む》こうへ!!
プルスウルトラ

僕のヒーローアカデミア

THE MOVIE ～2人の英雄～
ノベライズ　みらい文庫版

堀越耕平・原作/総監修/キャラクター原案
小川 彗・著
黒田洋介・脚本

集英社みらい文庫

ONTENTS

もくじ

キャラクター紹介《しょうかい》

オールマイト
若《わか》いころのオールマイト
雄英高校《ゆうえいこうこう》の1年生《ねんせい》！

個性《こせい》 ワン・フォー・オール

ヒーロー界《かい》において、不動《ふどう》のナンバー1《ワン》ヒーロー！“平和《へいわ》の象徴《しょうちょう》”として存《そん》在《ざい》している。しかし、過去《かこ》の戦《たたか》いで負《お》った傷《きず》により、ヒーローとして活動《かつどう》できる時間《じかん》に限《かぎ》りがある。

個性《こせい》 ワン・フォー・オール

生《う》まれつき“無個性《むこせい》”の少年《しょうねん》。幼《おさな》いころ、オールマイトの活《かつ》やくを見《み》て、ヒーローにあこがれるようになる。オールマイトの“個性《こせい》”を受《う》け継《つ》ぐ。

雄英高校《ゆうえいこうこう》ヒーロー科《か》1年《ねん》A《エー》組《ぐみ》メンバー

轟《とどろき》 焦凍《しょうと》

個性《こせい》 半冷半燃《はんれいはんねん》

クールに見《み》えて、アツい一《いち》面《めん》を持《も》つ。知力《ちりょく》、身体能《しんたいのう》力《りょく》どちらもトップクラス。

爆豪勝己《ばくごうかつき》

個性《こせい》 爆破《ばくは》

出久《いずく》の幼《おさな》なじみ。知力《ちりょく》、体力《たいりょく》、戦闘《せんとう》センスがバツグン。だけど、すぐキレる。

麗日《うららか》お茶子《ちゃこ》

個性《こせい》 無重力《ゼログラビティ》

明《あか》るくて裏表《うらおもて》のない性格《せいかく》で、出久《いずく》のよき理解者《りかいしゃ》。

耳郎響香《じろうきょうか》

個性《こせい》 イヤホンジャック

ひょうひょうとした雰囲《ふんい》気《き》のロック好《ず》きな少女《しょうじょ》。

八百万《やおよろず》 百《もも》

個性《こせい》 創造《そうぞう》

成績優秀《せいせきゆうしゅう》でお金持《かねも》ちのお嬢《じょう》さま。学級副委員長《がっきゅうふくいいんちょう》。

飯田天哉《いいだてんや》

個性《こせい》 エンジン

ヒーロー一家《いっか》で生《う》まれ育《そだ》った、超《ちょう》まじめな性格《せいかく》の学級委員長《がっきゅういいんちょう》。

峰田《みねた》 実《みのる》

個性《こせい》 もぎもぎ

とにかく女好《おんなず》き。いつもは強気《つよき》だけど、ピンチになるとおくびょうになる。

上鳴電気《かみなりでんき》

個性《こせい》 帯電《たいでん》

ノリが軽《かる》くて、女《おんな》の子《こ》に気軽《きがる》に声《こえ》をかけられるほどチャラい。

切島鋭児郎《きりしまえいじろう》

個性《こせい》 硬化《こうか》

熱血的《ねっけつてき》で、「男《おとこ》らしさ」がモットー。面倒見《めんどうみ》もいい。

《I《アイ》・アイランド》に住《す》んでいる人々《ひとびと》

デヴィット・シールド

メリッサ・シールド

出久《いずく》が《I《アイ》・アイランド》で出会《であ》う“無個性《むこせい》”の少《しょう》女《じょ》。明《あか》るくて前《まえ》むきな性《せい》格《かく》。尊敬《そんけい》する父《ちち》・デヴィットと同《おな》じ科学者《かがくしゃ》を目指《めざ》す。

メリッサの父親《ちちおや》。オールマイトが若《わか》いころ、海外《かいがい》で活《かつ》躍《やく》していたときの相棒《あいぼう》であり親友《しんゆう》。世界的《せかいてき》な科学《かがく》者《しゃ》で、ヒーローのサポートアイテムを開発《かいはつ》している。

若《わか》いころのデヴィット

ウォルフラム

敵《ヴィラン》

個性《こせい》 ？？？

ヒーロー社会《しゃかい》を倒《たお》そうともくろむ、謎多《なぞおお》き敵《ヴィラン》チームのリーダー。

サム

デヴィットの助手《じょしゅ》。

世界総人口《せかいそうじんこう》の約《やく》八割《わり》が特異体質《とくいたいしつ》――〝個性《こせい》〟を持《も》って生《う》まれる超人社会《ちょうじんしゃかい》。

『架空《ゆめ》』は『現実《げんじつ》』に。

その〝個性《こせい》〟を悪用《あくよう》する敵《ヴィラン》と戦《たたか》うため、かつて誰《だれ》もが空想《くうそう》しあこがれた一《ひと》つの職業《しょくぎょう》が脚光《きゃっこう》を浴《あ》びることとなった。

弱《よわ》きを救《たす》け、悪《あく》をくじく、正義《せいぎ》の味方《みかた》――

ヒーロー。

これは、〝無個性《むこせい》〟だった緑谷出久《みどりやいずく》が、最高《さいこう》のヒーローになるまでの物語《ものがたり》。

その青春《せいしゅん》の一ページである。

#00 オールマイトの過去《かこ》

高層《こうそう》ビルの建《た》ちならぶ摩天楼《まてんろう》の街《まち》——ロサンゼルス。
誰《だれ》もが一度《いちど》は目《め》にしたことがあるだろう『HOLLYWOOD《ハリウッド》』の看板《かんばん》、そこへとつづく道路《どうろ》の両《りょう》脇《わき》にはヤシの木《き》がしげり、道行《みちゆ》く人々《ひとびと》の目《め》を楽《たの》しませる。
中《なか》でもひときわ観光客《かんこうきゃく》が多《おお》いのは、昼間《ひるま》でもきらびやかなカジノ街《がい》だ。

ドゴオオオンッ！


突如《とつじょ》として、そこに爆音《ばくおん》がひびきわたった。

街《まち》の中央《ちゅうおう》にある巨大《きょだい》なカジノの入《い》り口《ぐち》が破壊《はかい》される。その中《なか》から、青《あお》く盛《も》りあがった上半身《じょうはんしん》に、複数《ふくすう》の腕《うで》を生《は》やした大型敵《おおがたヴィラン》が不気味《ぶきみ》な姿《すがた》をあらわした。

敵《ヴィラン》、それは〝個性《こせい》〟を悪用《あくよう》する犯罪者《はんざいしゃ》の総称《そうしょう》だ。

「ヴィ、敵《ヴィラン》だ！」

「に、逃《に》げろ！」

悲鳴《ひめい》をあげ逃《に》げまどう観光客《かんこうきゃく》を尻目《しりめ》に、大型敵《おおがたヴィラン》は店《みせ》の前《まえ》につづくメインストリートを、六本《ろっぽん》の腕《うで》と二本《ほん》の脚《あし》を器用《きよう》に使《つか》い疾走《しっそう》しはじめる。

その背《せ》には、紙幣《しへい》でパンパンにふくれた袋《ふくろ》がたくさんと、もう1人《ひとり》。とんがり鼻《ばな》の仮面《かめん》をつけた、小柄《こがら》な敵《ヴィラン》が乗《の》っていた。

「ハッハー！　一〇〇〇万《まん》ドルいただきだぜ！　チョロい仕事《しごと》だ」

「アニキ！」

複数《ふくすう》の腕《うで》を生《は》やした敵《ヴィラン》が、前方《ぜんぽう》を見《み》ながら、背中《せなか》に乗《の》っている敵《ヴィラン》に呼《よ》びかける。

何台《なんだい》もの警察車両《けいさつしゃりょう》がドリフトしながら敵《ヴィラン》たちの行《ゆ》く手《て》をふさぎ、その中央《ちゅうおう》にはヒーローたちの姿《すがた》が見《み》える。

「ここまでだ、敵《ヴィラン》！」

止《と》めようとするヒーローの言葉《ことば》にひるむことなく、とんがり鼻《ばな》の敵《ヴィラン》は両腕《りょううで》をかまえた。その腕《うで》を一瞬《いっしゅん》で対戦車《たいせんしゃ》ロケットに変化《へんか》させ、ヒーローたちへとはなつ。

ドウッ！　ドウッ！

はなたれたロケット弾《だん》の直撃《ちょくげき》を受《う》け、ヒーローも車両《しゃりょう》もあっけなくふき飛《と》んでしまった。

高笑《たかわら》いする小柄《こがら》な敵《ヴィラン》を背中《せなか》に乗《の》せ、走《はし》りつづける大型敵《おおがたヴィラン》の行《ゆ》く手《て》には、幼《おさな》い姉妹《しまい》を乗《の》せたワンボックスカーが！

父親《ちちおや》があわててハンドルを切《き》るが、間《ま》にあわない。

「うわあああ！」

「じゃまだ！　どけええ！」

家族《かぞく》を乗《の》せた車《くるま》は、突《つ》っこんでいく敵《ヴィラン》たちの犠牲《ぎせい》に――と、誰《だれ》もが思《おも》ったその瞬間《しゅんかん》。

「!?」

大型敵《おおがたヴィラン》の体《からだ》が、何者《なにもの》かによって大《おお》きくはじきとばされた。

おどろくギャラリーの前《まえ》に、いつの間《ま》にか、若者《わかもの》が1人《ひとり》立《た》っている。

「――もう大丈夫《だいじょうぶ》。なぜって？」

ジーンズにスタジャンといった、いかにもラフな格好《かっこう》で、筋肉《きんにく》がやけにたくましい。

「私《わたし》が来《き》た！」

ニカッと爽《さわ》やかに微笑《ほほえ》んだ彼《かれ》の前髪《まえがみ》は二《ふた》つにわかれ、ピンと天《てん》にむかって伸《の》びている。

「誰《だれ》だ、てめえ」

「日本《にほん》から来《き》た、通《とお》りすがりのヒーローさ」

「ハッ！　なら俺《おれ》が帰国《きこく》させてやるよ。棺桶《かんおけ》ん中入《なかい》れてな！」

鼻《はな》で笑《わら》った背中《せなか》の敵《ヴィラン》が、再《ふたた》び両腕《りょううで》からロケット弾《だん》をはじきだす。爽《さわ》やかに微笑《ほほえ》んでいた若者《わかもの》は

それを両手《りょうて》でブンッと振《ふ》りはらい――、はじかれたロケット弾《だん》は空中《くうちゅう》で爆発《ばくはつ》し、飛《と》びちった。

「誰《だれ》を帰国《きこく》させるって…………って、逃《に》げ足早《あしはや》ッ！」

もうもうとあがる煙《けむり》も消《き》えないうちに、敵《ヴィラン》たちは、さっさと遠《とお》くに逃《に》げだしている。

あっけに取《と》られた彼《かれ》のうしろから、猛《もう》スピードのオール・モービルがやってきた。一見《いっけん》すれば

スポーツカーのようにも見《み》えるが、モニターやゲームコントローラーのようなハンドルなど、普《ふ》

通《つう》の車《くるま》でないことはすぐにわかる。

坂道《さかみち》をジャンプするようにバウンドして、若者《わかもの》の前《まえ》で急停止《きゅうていし》する。

「あいかわらず、考《かんが》えるより先《さき》に体《からだ》が動《うご》くヤツだ！」

運転席《うんてんせき》の青年《せいねん》が、やれやれというように肩《かた》をすくめて若者《わかもの》に話《はな》しかける。

「逃《に》げられた。追《お》ってくれ、デイヴ！」

けれど、助手席《じょしゅせき》に飛《と》びのるなりそう言《い》った若者《わかもの》――トシに、デイヴと呼《よ》ばれた男《おとこ》――デヴィットは苦笑《くしょう》してオール・モービルを急発進《きゅうはっしん》させた。

「アニキ、車《くるま》が追《お》ってきやがる！」

「クソヒーローが！」

まわりを巻《ま》きこみながら逃走《とうそう》をつづける大型敵《おおがたヴィラン》の背《せ》から、とんがり鼻《ばな》の敵《ヴィラン》がいまいましげにロケット弾《だん》を発射《はっしゃ》する。が、オール・モービルからはなたれた無効化装置《むこうかそうち》によって、爆発《ばくはつ》することなく消《き》えてしまった。

「なんなんだ、あの車《くるま》!?　チッ！」

ショックを受《う》ける敵《ヴィラン》たちなどまるで気《き》にせず、デヴィットはアクセルを踏《ふ》みこんだ。

「トシ、カレッジに遅《おく》れちまう。とっとと終《お》わらせよう」

「そのつもりだ、デイヴ」

いつの間《ま》にか、オール・モービルのボンネットに移動《いどう》していたトシは、そこを踏《ふ》み台《だい》にして空《そら》へと飛《と》びたつ。

「しつけえんだよぉぉ!!」

敵《ヴィラン》の腕《うで》から、やけくそ気味《ぎみ》に何発《なんぱつ》ものロケット弾《だん》がはなたれる。

「DETROIT《デトロイト》 SMASH《スマッシュ》!」

けれど、トシのくりだしたすさまじいパンチの衝撃波《しょうげきは》により、すべてのロケット弾《だん》は爆発《ばくはつ》してなくなった。

その爆風《ばくふう》を近《ちか》くで受《う》けたトシの服《ふく》は、衝撃《しょうげき》でビリリと破《やぶ》れ、その下《した》からヒーローコスチュームがあらわれる。

「最後《さいご》はこの技《わざ》で決《き》めよう! デイヴ、君《きみ》の地元《じもと》の名《な》を冠《かん》した……」

爆風《ばくふう》にピンと立《た》った前髪《まえがみ》をたなびかせ、トシが拳《こぶし》を強《つよ》く握《にぎ》りこむ。

「CALIFORNIA《カリフォルニア》 SMASH《スマッシュ》!」

くりだされた拳《こぶし》の圧倒的《あっとうてき》な威力《いりょく》により、敵《ヴィラン》たちはなすすべもなく地面《じめん》へとたたきつけられる!

強奪《ごうだつ》された一〇〇〇万《まん》ドルの紙幣《しへい》も爆風《ばくふう》で一緒《いっしょ》に巻《ま》きあげられ、まるでシャワーのように降《ふ》りそそぐ中《なか》――路上《ろじょう》へと転《ころ》がっているのは、意識《いしき》を失《うしな》い、〝個性《こせい》〟が解除《かいじょ》された男《おとこ》たちの姿《すがた》だった。

「だ、誰《だれ》だ、あのヒーローは!?」

「見《み》たことない！」

「でも、スゲー！」

ビルの上《うえ》に立《た》つヒーローの姿《すがた》に、なりゆきを見《み》まもっていた観光客《かんこうきゃく》の間《あいだ》から、つぎつぎと歓声《かんせい》があがりはじめる。

その様子《ようす》をオール・モービルの中《なか》から満足《まんぞく》げに見《み》ていたデヴィットは、トシと呼《よ》んでいた若者《わかもの》を紹介《しょうかい》した。

「彼《かれ》は日本《にほん》から来《き》た留学生《りゅうがくせい》さ。ヒーロー名《めい》はオールマイト。いずれ……いや、近《ちか》い将来《しょうらい》、必《かなら》ず――」

デヴィットには確信《かくしん》がある。そう、彼《かれ》は必《かなら》ず。

「平和《へいわ》の象徴《しょうちょう》となる男《おとこ》だ」


「ありがとう、デイヴ。君《きみ》が作《つく》ったスーツのおかげで遅刻《ちこく》せずにすんだ」

オール・モービルの助手席《じょしゅせき》で、ヒーローコスチュームのままそう言《い》うオールマイトに、デヴィットは小《ちい》さく首《くび》を振《ふ》った。役《やく》に立《た》ったなら何《なに》よりだ。

「急《いそ》ごう。これ以上遅刻《いじょうちこく》したら2人《ふたり》とも単位《たんい》が……」

危《あぶ》ない――。そう言《い》いかけたとき、オール・モービルに取《と》りつけた無線《むせん》スピーカーから警察《けいさつ》の救助要請《きゅうじょようせい》が飛《と》びこんできた。

『UA《ユーエー》八五七便《びん》でハイジャックが発生《はっせい》。くりかえす――』

スイッチを切《き》っておけばよかったといまさら思《おも》っても、あとの祭《まつ》りだ。

「デイヴ！」

「ムチャだ」

そう言《い》ってはみたものの、デヴィットには彼《かれ》のしたいことはわかっている。

「……救《たす》けずにはいられない、か」

オールマイトの瞳《ひとみ》にやどる、燃《も》える正義《せいぎ》の熱《あつ》い炎《ほのお》に押《お》され、デヴィットはあきらめのため息《いき》をついた。

「行《い》こう、デイヴ！」

「ああ」

車内《しゃない》のコントロールパネルに行《い》き先《さき》を打《う》ちこめば、オール・モービルは車《くるま》の形態《けいたい》から飛行形態《ひこうけいたい》へと変形《へんけい》し、最速《さいそく》の方法《ほうほう》で現場《げんば》へと飛《と》びたっていく。

「しかし、難儀《なんぎ》だな。ヒーローってやつは……！」

自分《じぶん》のことよりも他人《たにん》のこと。悪《あく》は絶対《ぜったい》に見《み》すごせない。

その熱《あつ》い心《こころ》が、ヒーローをヒーローたらしめている。

そしてそれが、世界《せかい》が求《もと》める『悪《あく》を抑止《よくし》できる存在《そんざい》』になるのだ。

「H《ハ》AH《ハ》AH《ハ》A！　今日《きょう》のランチは私《わたし》がおごるよ！」

デヴィットに発現《はつげん》したわずかばかりの〝個性《こせい》〟では、ヒーローとして活躍《かつやく》することは到底無理《とうていむり》だった。

けれど、ヒーローを運《はこ》ぶためのオール・モービルを開発《かいはつ》したのはデヴィット自身《じしん》だ。平和《へいわ》な世界《せかい》のために、ヒーローになること以外《いがい》にもできることはまだまだある。

もうすでに、凶行《きょうこう》の現場《げんば》へと正義《せいぎ》の想《おも》いをまっすぐにむける友人《ゆうじん》の熱《あつ》い気持《きも》ち。

それを感《かん》じながら、デヴィットはその救《たす》けになろうと、固《かた》く心《こころ》に誓《ちか》ったのだった。

#01 あこがれの《I《アイ》‐アイランド》

機内《きない》の静《しず》かな空調《くうちょう》と心地《ここち》よい揺《ゆ》れが、学生時代《がくせいじだい》のなつかしい昔《むかし》を夢見《ゆめみ》させたのかもしれない。

「……デイヴ……」

「……オールマイト、オールマイト」

無意識《むいしき》に旧友《きゅうゆう》の名《な》をつぶやいたオールマイトは、すぐ近《ちか》くから自分《じぶん》を呼《よ》ぶ声《こえ》で目《め》を覚《さ》ました。

「……どうした、緑谷少年《みどりやしょうねん》」

誰《だれ》もが知《し》っている筋骨隆々《きんこつりゅうりゅう》としたマッスルボディではなく、骨《ほね》と皮《かわ》だけのような超細身《ちょうほそみ》の姿《すがた》は、オールマイトのトゥルーフォーム（本当《ほんとう》の姿《すがた》）だ。

やせすぎてくぼんで見《み》える目《め》をこするようにして、ゆっくりと瞬《またた》かせながら隣《となり》を見《み》る。

「見《み》えてきましたよ、ほら。総面積《そうめんせき》八〇〇〇ヘクタール。一万人《まんにん》以上《いじょう》の科学者《かがくしゃ》たちが住《す》む、独立《どくりつ》研究機関《けんきゅうきかん》・学術人工移動都市《がくじゅつじんこういどうとし》――《I《アイ》‐アイランド》！」

ヒーローがより活躍《かつやく》するための研究《けんきゅう》を主《しゅ》とする、世界《せかい》トップクラスの学術研究都市《がくじゅつけんきゅうとし》だ。

プライベートジェットの窓《まど》ガラスに貼《は》りつくようにして、その人工島《じんこうとう》をキラキラした瞳《ひとみ》で見《み》つめているのは緑谷出久《みどりやいずく》。

愛称《あいしょう》およびヒーロー名《めい》はデク。

ほわほわ頭《あたま》にそばかすが愛嬌《あいきょう》をそえている地味《じみ》めな顔立《かおだ》ちの少年《しょうねん》だ。

が、実《じつ》は、ヒーローを目指《めざ》し雄英高校《ゆうえいこうこう》ヒーロー科《か》に在籍《ざいせき》している1年生《ねんせい》。

そして――、

「緑谷少年《みどりやしょうねん》にクエスチョン。この人工島《じんこうとう》が作《つく》られた理由《りゆう》は？」

「……えっと、I《アイ》・アイランドは世界中《せかいじゅう》のヒーロー関連企業《かんれんきぎょう》が出資《しゅっし》して、〝個性《こせい》〟の研究《けんきゅう》や、ヒーローアイテムの発明等《はつめいとう》を行《おこな》うために作《つく》られた学術研究都市《がくじゅつけんきゅうとし》です。この島《しま》が移動可能《いどうかのう》な人工島《じんこうとう》になっているのは、研究成果《けんきゅうせいか》や発明品《はつめいひん》を狙《ねら》う敵《ヴィラン》から科学者《かがくしゃ》たちを守《まも》るためで、島《しま》の警備《けいび》システムは、敵犯罪者特殊収監施設《ヴィランはんざいしゃとくしゅしゅうかんしせつ》タルタロスに相当《そうとう》する能力《のうりょく》を備《そな》えていて、今《いま》まで敵《ヴィラン》による犯罪《はんざい》は一度《いちど》もなく……」

「そういうの、ほんとくわしいね、君《きみ》！」

出久《いずく》は生粋《きっすい》のヒーロー関連《かんれん》オタクでもある。

ヒーロー。

国《くに》から公的職務《こうてきしょくむ》と定《さだ》められ、人々《ひとびと》から賞賛《しょうさん》と名声《めいせい》を与《あた》えられる世界中《せかいじゅう》のあこがれの存在《そんざい》。

けれど、誰《だれ》もがカンタンになれるというものでもない。

難《むずか》しい国家試験《こっかしけん》を受《う》けて資格《しかく》を取得《しゅとく》し、初《はじ》めて〝個性《こせい》〟を使《つか》えるヒーローとして認《みと》められる。

その関門《かんもん》はとても狭《せま》い。

そして、そのためにはまず、ヒーロー科《か》のある学校《がっこう》で基礎《きそ》を学《まな》ぶ必要《ひつよう》がある。

雄英高校《ゆうえいこうこう》ヒーロー科《か》は、その最難関《さいなんかん》だ。

「夏休《なつやす》み早々《そうそう》、I《アイ》・アイランドに行《い》けるだなんて夢《ゆめ》みたいです！」

「そんなに感激《かんげき》してくれるとは、誘《さそ》ったかいがあるね」

「でも、本当《ほんとう》に僕《ぼく》なんかがついてきてよかったんでしょうか？」

「遠慮《えんりょ》する必要《ひつよう》はないさ。招待状《しょうたいじょう》に同伴者《どうはんしゃ》を連《つ》れてきていいと書《か》かれていたしね」

出久《いずく》も例《れい》にもれず、物心《ものごころ》ついたときからなりたい職業《しょくぎょう》はヒーローだった。

あこがれのナンバー1《ワン》ヒーロー、オールマイトが活躍《かつやく》した動画《どうが》を、何度《なんど》も何度《なんど》もくりかえし観《み》ていた幼《おさな》いころ。

出久《いずく》に突《つ》きつけられたのは、この時代《じだい》には珍《めずら》しい〝無個性《むこせい》〟という現実《げんじつ》で……。

けれどあきらめられなかった。

どんなにムリだと笑《わら》われても、バカにされても。

そうして出久《いずく》は運命《うんめい》の糸《いと》に導《みちび》かれるようにしてあこがれのオールマイトと出会《であ》い、その資質《ししつ》を認《みと》められ、死《し》にものぐるいでトレーニングにはげみ、彼《かれ》から〝個性《こせい》〟を受《う》け継《つ》いだ。

「同伴者《どうはんしゃ》って普通家族《ふつうかぞく》なんじゃ……」

「私《わたし》と緑谷少年《みどりやしょうねん》の間《あいだ》は、血《ち》より濃《こ》いモノで結《むす》ばれているだろ？　ワン・フォー・オールという絆《きずな》で……」

〝個性《こせい》〟を譲渡《じょうと》する力《ちから》。

冠《かん》された名《な》は、『ワン・フォー・オール』。

偉大《いだい》な〝個性《こせい》〟を出久《いずく》にわたしたオールマイトは、じょじょに〝個性《こせい》〟を発揮《はっき》できる時間《じかん》が短《みじか》くなっている。

彼《かれ》の〝個性《こせい》〟が完全《かんぜん》になくなってしまう前《まえ》に、出久《いずく》はヒーローにならなければいけない。

どんな困難《こんなん》にも立《た》ちむかい、笑《わら》って人々《ひとびと》を救《たす》ける――そんな、最高《さいこう》のヒーローに。

今《いま》は雄英高校《ゆうえいこうこう》でヒーロー科教師《かきょうし》もしているオールマイトや、ほかのヒーローの先生方《せんせいがた》に学《まな》びながら、出久《いずく》は強《つよ》く決心《けっしん》している。

『大変長《たいへんなが》らくお待《ま》たせしました。当機《とうき》はまもなくI《アイ》・アイランドへの着陸態勢《ちゃくりくたいせい》に入《はい》ります』

「さて、中々《なかなか》にしんどくなるな。なにせ、むこうに着《つ》いたら私《わたし》は……」

機内放送《きないほうそう》が流《なが》れた次《つぎ》の瞬間《しゅんかん》、オールマイトが、フンッ、とマッスルボディになるために力《リキ》んでみせる。

見《み》なれたヒーローコスチュームを身《み》にまとい、マッスルフォームへと変身《へんしん》をとげた彼《かれ》を、誰《だれ》もさっきのやせた男《おとこ》と同一視《どういっし》はしないだろう。

「マッスルフォームで居《い》つづけないといけないからね！　さあ緑谷少年《みどりやしょうねん》も着《き》がえたまえ。ヒーローコス、学校《がっこう》に申請《しんせい》して持《も》ってきてるんだろ？」

「はいっ！」

オールマイトの笑顔《えがお》に負《ま》けじと元気《げんき》に返事《へんじ》をして、出久《いずく》はI《アイ》‐アイランドへの期待《きたい》に胸《むね》をふくらませた。


プライベートジェットの搭乗口《とうじょうぐち》が空港施設《くうこうしせつ》にドッキングする。

飛行機《ひこうき》をおり、動《うご》く歩道《ほどう》に乗《の》ったオールマイトと出久《いずく》の入国審査《にゅうこくしんさ》が開始《かいし》された。

乗《の》っているだけで、空中《くうちゅう》モニターに健康《けんこう》チェックや個人情報《こじんじょうほう》のスキャンがテキパキと映《うつ》しだされる。

さすが学術研究都市《がくじゅつけんきゅうとし》のセキュリティーシステムといったところだ。

『雄英高校教師《ゆうえいこうこうきょうし》オールマイトさんおよび、同伴者《どうはんしゃ》である生徒《せいと》の緑谷出久《みどりやいずく》さんの入国審査《にゅうこくしんさ》が完了《かんりょう》しました。現在《げんざい》、I《アイ》・アイランドでは、様々《さまざま》な研究《けんきゅう》、開発《かいはつ》の成果《せいか》を展示《てんじ》した博覧会《はくらんかい》《I《アイ》・エキスポ》のプレオープン中《ちゅう》です。招待状《しょうたいじょう》をお持《も》ちであれば、ぜひお立《た》ちよりください』

システム音声《おんせい》が入国審査《にゅうこくしんさ》の終了《しゅうりょう》を伝《つた》え、同時《どうじ》に前方《ぜんぽう》のゲートが開《ひら》いた。

「うわ、うわわ！」

出久《いずく》の眼前《がんぜん》に広《ひろ》がるのは、大規模《だいきぼ》な博覧会会場《はくらんかいかいじょう》である。

研究者《けんきゅうしゃ》や、出久《いずく》たちと同《おな》じような招待客《しょうたいきゃく》で、あふれかえっていた。

大型《おおがた》モニターに映《うつ》しだされているのは、テレビでしか見《み》ることができないと思《おも》っていたI《アイ》・エキスポのロゴだ。

「うわわわあ――……！」

建《た》ちならぶいくつもの企業《きぎょう》パビリオンに、出久《いずく》は思《おも》わず感動《かんどう》の声《こえ》をあげた。

球体《きゅうたい》のすべてが水《みず》におおわれたものや、建物《たてもの》のまわりを空中《くうちゅう》バイクが疾走《しっそう》しているもの、巨大《きょだい》な楽器《がっき》をかたどっているものまで、多種多様《たしゅたよう》なパビリオンがある。

それらのむこうにそびえたつ、ひときわ大《おお》きな建物《たてもの》がI《アイ》‐アイランドの研究《けんきゅう》の中心《ちゅうしん》、セントラルタワーだ。

東京《とうきょう》スカイツリーより、もっとずっと大《おお》きい。

「一般公開前《いっぱんこうかいまえ》のプレオープンで、これほどの来場者《らいじょうしゃ》がいるとは……」

つぶやくオールマイトの横《よこ》で、出久《いずく》は興奮《こうふん》したまま両手《りょうて》を握《にぎ》りしめた。

「実際《じっさい》に見《み》ると本当《ほんとう》にすごいですね！」

「I《アイ》‐アイランドは日本《にほん》と違《ちが》って〝個性《こせい》〟の使用《しよう》は自由《じゆう》だからね。パビリオンには〝個性《こせい》〟を使《つか》ったアトラクションもあるそうだぞ。後《あと》で行《い》ってみるといい」

「はいっ！」

来場者《らいじょうしゃ》とパビリオンの間《あいだ》を、自由自在《じゆうじざい》に小型《こがた》の警備《けいび》マシンが走《はし》っていく。

その様子《ようす》にさえ感動《かんどう》した出久《いずく》が、もう一度《いちど》「すごい」と言《い》いかけたところで、コンパニオンが笑顔《えがお》で2人《ふたり》を出《で》むかえた。

「I《アイ》‐エキスポへようこそ……って、オ、オールマイト!?」

その笑顔《えがお》が、一瞬《いっしゅん》でおどろきに変《か》わる。

「やだ、本物《ほんもの》！」

「H《ハ》A H《ハ》A H《ハ》A！　熱烈《ねつれつ》な歓迎《かんげい》をありがとう！」

慣《な》れた様子《ようす》で笑顔《えがお》を見《み》せるオールマイトだったが、その存在《そんざい》はあっという間《ま》に知《し》れわたり、あれよあれよと人《ひと》だかりができてしまった。

（もがごご……っ！）

熱狂《ねっきょう》する人《ひと》の群《む》れに押《お》されて、息《いき》が苦《くる》しい。

もがくしかなかった出久《いずく》と、サインや歓声《かんせい》にきちんとこたえるオールマイトが、ようやくそこからぬけだせたのは、それからだいぶたってからだった。

さすがは世界一《せかいいち》のヒーロー。歓迎《かんげい》のされ方《かた》も超《ちょう》ド派手《はで》だ。

「思《おも》わぬところで時間《じかん》を取《と》られてしまった。約束《やくそく》の時間《じかん》に遅《おく》れてしまうところだったよ」

「約束《やくそく》？」

セントラルタワー近《ちか》くの公園《こうえん》で、ようやく息《いき》をつけた出久《いずく》のとなりに立《た》つオールマイトが肩《かた》をすくめる。

「ああ。ひさしぶりに親友《しんゆう》と再会《さいかい》したいと思《おも》ったからなんだ。悪《わる》いが、少《すこ》し付《つ》きあってもらえるかい？」

「オールマイトの親友《しんゆう》――！　もちろん喜《よろこ》んで！」

「あ、彼《かれ》にはワン・フォー・オールや、緑谷少年《みどりやしょうねん》に〝個性《こせい》〟を譲渡《じょうと》したことは話《はな》してないからそのつもりで」

「親友《しんゆう》にも内緒《ないしょ》にしてるんですか？」

おいそれと外部《がいぶ》にもらしてはいけない情報《じょうほう》であるのは確《たし》かだが、特《とく》に親《した》しい友人《ゆうじん》に対《たい》してもそうなのかと、少《すこ》しおどろいた声《こえ》がでる。

「ワン・フォー・オールの秘密《ひみつ》を知《し》る者《もの》には危険《きけん》がつきまとうからね。」

「そっか、そうですよね……」

言《い》われて出久《いずく》は納得《なっとく》した。

根津校長《ねづこうちょう》や塚内刑事《つかうちけいじ》、グラントリノ――2人《ふたり》の秘密《ひみつ》を知《し》っているのは、ほとんどがヒーローだ。

ワン・フォー・オールは、それだけ大切《たいせつ》な秘密《ひみつ》なのだ。

この〝個性《こせい》〟を受《う》け継《つ》いだとき、出久《いずく》はオールマイトに言《い》われていた。

『緑谷少年《みどりやしょうねん》。私《わたし》からワン・フォー・オールを受《う》け継《つ》いだ者《もの》は、いつか巨悪《きょあく》と、オール・フォー・ワンと対決《たいけつ》する運命《うんめい》を背負《せお》っている……』と。

(そうだ。そのときのためにも僕《ぼく》は、一日《にち》でも早《はや》くワン・フォー・オールを使《つか》いこなせるように……)

なるんだ、と、出久《いずく》が決意《けつい》を新《あら》たにしたときだ。

「おじさまー！」

「へ？」

出久《いずく》とオールマイトのうしろから、女《おんな》の子《こ》の声《こえ》が聞《き》こえた。

振《ふ》りむくと、ぴょんぴょんと上下《じょうげ》にはねるようにして、ホッピングのような乗《の》り物《もの》に乗《の》った金《きん》髪《ぱつ》の少女《しょうじょ》が、こちらにやって来《く》るではないか。

その勢《いきお》いのまま、少女《しょうじょ》はオールマイトにとびついた。

「おひさしぶりです！　マイトおじさま！」

長《なが》い金髪《きんぱつ》に青《あお》い目《め》をした眼鏡《めがね》の美少女《びしょうじょ》は、目《め》をまるくしている出久《いずく》の前《まえ》で、オールマイトにはじけんばかりの笑顔《えがお》をむける。

「OH《オオ》！　メリッサ！」

その少女《しょうじょ》――メリッサを、オールマイトは抱《だ》きとめて、くるくるとまわした。

「こちらこそ招待《しょうたい》ありがとう！　しかし見《み》ちがえたな。もうすっかり大人《おとな》の女性《じょせい》だ」

「十七歳《さい》になりました！　昔《むかし》と違《ちが》って重《おも》いでしょう？」

「HAHAHA《ハハハ》！　なんのなんの！」

オールマイトが楽《たの》しげに笑《わら》う。

突然《とつぜん》くりひろげられる親《した》しげな様子《ようす》に、出久《いずく》の頭《あたま》の中《なか》には疑問符《ぎもんふ》が行《い》きかう。

（この人《ひと》がオールマイトの古《ふる》くからの親友《しんゆう》？　とてもそんな年齢《ねんれい》には……、はっ!?　〝個性《こせい》〟なのかな!?）

「それで、デイヴはどこに？」

「研究室《けんきゅうしつ》にいるわ。長年《ながねん》やってきた研究《けんきゅう》が一段落《いちだんらく》したらしくて、それでお祝《いわ》いとサプライズを兼《か》ねて、マイトおじさまを島《しま》に招待《しょうたい》したの」

「なるほど、そういうことか」

（どういうことだ？）

わけがわからず、もんもんと考《かんが》える出久《いずく》の横《よこ》で、２人《ふたり》は会話《かいわ》をつづけている。

「ちなみにデイヴはどんな研究《けんきゅう》を？」

「守秘義務《しゅひぎむ》があるからって、娘《むすめ》の私《わたし》にも教《おし》えてくれないの」

「科学者《かがくしゃ》も大変《たいへん》だな……ああ、緑谷少年《みどりやしょうねん》」

オールマイトがようやく出久《いずく》に手《て》まねきをした。

「彼女《かのじょ》は私《わたし》の親友《しんゆう》の娘《むすめ》で」

「メリッサ・シールドです。はじめまして」

紹介《しょうかい》を受《う》けて、メリッサがにっこりと出久《いずく》に微笑《ほほえ》み手《て》を差《さ》しだす。

「そういうことか！」

出久《いずく》の中《なか》で、ようやくつながった。

つまり、メリッサはオールマイトの親友《しんゆう》の娘《むすめ》さんなのだ。

「え、なに？」

思《おも》わず大《おお》きな声《こえ》をだしてしまった出久《いずく》を、メリッサが不思議《ふしぎ》そうに見《み》つめる。

出久《いずく》はあわててビッと背筋《せすじ》を伸《の》ばし握手《あくしゅ》をするために手《て》をのばした。

「あ、いえ、……あの、ぼ、僕《ぼく》は、雄英高校《ゆうえいこうこう》ヒーロー科《か》1年《ねん》、緑谷出久《みどりやいずく》と言《い》います」

「雄英高校《ゆうえいこうこう》……じゃあ、マイトおじさまの……」

「はい、生徒《せいと》です！」

「未来《みらい》のヒーロー候補《こうほ》さ！」

オールマイトの追加《ついか》の紹介《しょうかい》で、メリッサの瞳《ひとみ》がキラキラとかがやきだす。

「すごーい！　マイトおじさまの教《おし》え子《ご》だなんて、将来有望《しょうらいゆうぼう》なのね！」

「いや、僕《ぼく》はまだまだ修行中《しゅぎょうちゅう》の身《み》というか、なんというか……」

「どんな〝個性《こせい》〟を持《も》ってるの？」

興味津々《きょうみしんしん》といった様子《ようす》で、メリッサは出久《いずく》の手《て》や腕《うで》を取《と》り、ヒーローコスチュームを確《たし》かめるように触《さわ》りはじめる。

「パ、パワー系《けい》です」

こんなに初対面《しょたいめん》の女《おんな》の子《こ》に近《ちか》づかれるのは初《はじ》めてだ。

ドギマギしながらこたえた出久《いずく》に、メリッサは、ふむ、とうなる。

「カッコイイけど……オーソドックスなデザインね。補助的《ほじょてき》なアイテムも見《み》あたらないし……」

もう一度《いちど》出久《いずく》の手《て》を取《と》り、装備《そうび》の有無《うむ》を確《たし》かめていたメリッサの目《め》が、ふと、手袋《てぶくろ》とその間《あいだ》から腕《うで》に残《のこ》る無数《むすう》の傷跡《きずあと》を見《み》た。

あまりの近《ちか》さに、まっ赤《か》になりながらとまどって

いる出久《いずく》を無視《むし》して、さらに前《まえ》のめりに近《ちか》づいて、

「このコスチューム、少《すこ》し改良《かいりょう》した方《ほう》がいいんじゃな――」

「あ～メリッサ、そろそろいいかい？」

咳《せき》ばらいとともにオールマイトが苦笑《くしょう》する。

メリッサはハッとしたように出久《いずく》から手《て》を離《はな》すと、恥《は》ずかしそうに両手《りょうて》で頬《ほお》をおおった。

「ごめんなさい、私《わたし》ったらつい夢中《むちゅう》になって……早《はや》くパパを喜《よろこ》ばせてあげなくちゃ！　こっちです、マイトおじさま！」

どうやら夢中《むちゅう》になるとまわりが見《み》えなくなるタイプらしい。

(ちょっとわかるなあ)

出久《いずく》もヒーローのことになるとつい熱中《ねっちゅう》してしまうし、考《かんが》えだすと止《と》まらなくなる。

先導《せんどう》をはじめるメリッサについて行《い》きながら、出久《いずく》はそんな感想《かんそう》を抱《いだ》いたのだった。


メリッサの案内《あんない》でセントラルタワーにやって来《き》た出久《いずく》たちは、研究室《けんきゅうしつ》へと案内《あんない》された。

研究室《けんきゅうしつ》というより研究所《けんきゅうじょ》と言《い》ってもよさそうな広《ひろ》さだ。

たくさんのモニターや装置《そうち》の間《あいだ》をぬうように、やさしげな男《おとこ》の声《こえ》が聞《き》こえてきた。

メリッサは、出久《いずく》とオールマイトにしぃっと人差《ひとさ》し指《ゆび》を立《た》てて見《み》せる。

「デヴィット博士《はかせ》、こちらの片《かた》づけも終《お》わりました。たまにはお嬢《じょう》さんとランチにでも行《い》ってきてはいかがですか？　I《アイ》・エキスポ中《ちゅう》はアカデミーも休校《きゅうこう》ですし」

「それが自主的《じしゅてき》に研究《けんきゅう》してるんだよ」

「だってパパの娘《むすめ》ですもの。似《に》ちゃったのね」

少《すこ》し疲《つか》れたように聞《き》こえるもう1人《ひとり》の男性《だんせい》の声《こえ》にかぶせるようにして、メリッサは前《まえ》にでた。

「メリッサ」

「お嬢《じょう》さん」

おどろく2人《ふたり》にいたずらっぽく笑《わら》いながら、メリッサは父《ちち》の隣《となり》に立《た》つ長年《ながねん》の助手《じょしゅ》——サムにウィンクをした。

「サムさん、いつも研究《けんきゅう》に明《あ》けくれるパパの面倒《めんどう》を見《み》てくれてありがとう」

「はは、まいったな。それよりメリッサ。どうしてここに？」

苦笑《くしょう》する父親《ちちおや》に、意味《いみ》ありげな上目《うわめ》づかいをしてみせる。

「……私《わたし》ね、パパの研究《けんきゅう》が一段落《いちだんらく》したお祝《いわ》いに、ある人《ひと》に招待状《しょうたいじょう》を贈《おく》ったの」

「ある人《ひと》？」

「パパの大好《だいす》きな人《ひと》よ」

秘密《ひみつ》を話《はな》したくてしかたがないとウズウズしだしたメリッサのうしろから、オールマイトが颯《さっ》爽《そう》と姿《すがた》をあらわした。

「私《わたし》が、再会《さいかい》の感動《かんどう》にふるえながら来《き》た！」

「トシ……オ、オールマイト!?」

「ほ、本物《ほんもの》!?」

サプライズは大成功《だいせいこう》だ。

サムと呼《よ》ばれていた人《ひと》は、口《くち》をあんぐり開《あ》けている。

やさしそうな細《ほそ》い目《め》が、これでもかというくらい見《み》ひらいてるほどのおどろきようだ。

「H《ハ》A H《ハ》A H《ハ》A！　わざわざ会《あ》いに来《き》てやったぜデイヴ！」

感動《かんどう》の面持《おもも》ちで両腕《りょううで》を広《ひろ》げ、親友《しんゆう》を抱《だ》きしめたオールマイトもうれしそうだ。

あこがれのヒーローのそんな様子《ようす》を見《み》ているだけで、出久《いずく》もうれしくなってくる。

おそらく自分《じぶん》と同《おな》じ気分《きぶん》だろうメリッサも、うれしさを隠《かく》しきれないというように、抱《だ》きあう親友《しんゆう》の2人《ふたり》をのぞきこんだ。

「どう？　おどろいた？」

「あ、ああ……おどろいたとも……」

「おたがいメリッサに感謝《かんしゃ》だな。しかし、何年《なんねん》ぶりだ？」

「やめてくれよ。おたがいに考《かんが》えたくないだろう、年齢《ねんれい》のことは」

「H《ハ》A H《ハ》A H《ハ》A！　同感《どうかん》だ！」

ひとしきり笑顔《えがお》で冗談《じょうだん》まじりにたがいの肩《かた》を叩《たた》きあい、ふと、真剣《しんけん》な表情《ひょうじょう》になる。

「……会《あ》えてうれしいよ、デイヴ」

「……もちろん私《わたし》もだよ、オールマイト」

静《しず》かな口調《くちょう》とかわしあう視線《しせん》に、たがいを深《ふか》く思《おも》う気持《きも》ちが見《み》えるようだ。

（オールマイトと、親友《しんゆう》……！）

研究室《けんきゅうしつ》のドアの横《よこ》からそっと2人《ふたり》の姿《すがた》を見《み》つめる出久《いずく》を、オールマイトがバッと振《ふ》りかえった。

「緑谷《みどりや》少年《しょうねん》、紹介《しょうかい》しよう！　私《わたし》の親友《しんゆう》、デヴィット・シールド……」

「知《し》ってます。**デヴィット・シールド博士《はかせ》**。ノーベル〝個性《こせい》〟賞《しょう》を受賞《じゅしょう》した**〝個性《こせい》〟研究《けんきゅう》の第一人者《だいいちにんしゃ》**。オールマイトの**アメリカ留学時代《りゅうがくじだい》の相棒《あいぼう》**で、オールマイトのヒーローコスチューム――ヤングエイジ、ブロンズエイジ、シルバーエイジ、ゴールデンエイジ――それらすべてを制作《せいさく》した**天才発明家**《てんさいはつめいか》。まさか、本物《ほんもの》に会《あ》えるだなんて……！　か、感激《かんげき》です！」

興奮《こうふん》のあまり、思《おも》わず前《まえ》のめりで感動《かんどう》を伝《つた》える出久《いずく》に、オールマイトが笑《わら》う。

「H《ハ》AH《ハ》AH《ハ》A、紹介《しょうかい》の必要《ひつよう》はないようだね」

「ああっ、すみません、なんか」

「いや、かまわないよ」

あわてて頭《あたま》をさげた出久《いずく》に、デヴィットは苦笑《くしょう》しながらもこころよく握手《あくしゅ》でこたえてくれた。

それからちらりとオールマイトを見《み》て、メリッサたちに肩《かた》をすくめて見《み》せる。

「オールマイトとは久《ひさ》しぶりの再会《さいかい》だ。すまないが、積《つ》もる話《はなし》をさせてくれないか？」

「あ、はい！」

もちろんだ。出久《いずく》の記憶《きおく》しているヒーローデータによると、オールマイトは何年《なんねん》もアメリカに渡航《とこう》していないはず。ひさしぶりの親友《しんゆう》と、話《はな》したいことは山《やま》とあるに違《ちが》いない。

大《おお》きくうなずいた出久《いずく》に目《め》を細《ほそ》め、デヴィットはうしろに控《ひか》える助手《じょしゅ》のサムとメリッサにも声《こえ》をかけた。

「……サム、君《きみ》も休《やす》んでくれ。メリッサ、彼《かれ》にI《アイ》‐エキスポを案内《あんない》してあげなさい」

SH CONSULTATIO
Prize
Stock-
el Quirk
r David
the tudy
innova-
ut rapid
iety. It is
achieve-
All Might.
All Might's
ed many
lives on
-Island is a
arge corpo-
or Quirk re-
Translated by Nita Lieu

Sunny spells for many over the

「わかりました。では、失礼《しつれい》いたします」

「わかったわ、パパ。行《い》きましょう」

2人《ふたり》ともそう思《おも》ったのだろう。

言《い》われたとおりに研究室《けんきゅうしつ》を退出《たいしゅつ》する。

ほかに用事《ようじ》があるらしいサムとは廊下《ろうか》でわかれてから、メリッサが出久《いずく》を振《ふ》りかえった。

「君《きみ》のこと、なんて呼《よ》べばいい？　ミドリヤくん？　イズクくん？」

「僕《ぼく》のことは……デクと呼《よ》んでください」

ずっとバカにされる以外《いがい》に意味《いみ》のない蔑称《べっしょう》だったその呼《よ》び方《かた》は、雄英高校《ゆうえいこうこう》で出会《であ》った友人《ゆうじん》のおかげで、今《いま》では出久《いずく》の自慢《じまん》の愛称《あいしょう》、もといヒーロー名《めい》になっている。

「デク？　変《か》わったニックネームね。私《わたし》はメリッサでいいから」

発音《はつおん》を確《たし》かめるように何度《なんど》かつぶやいたメリッサは、にこりと笑顔《えがお》でそう言《い》った。


退出《たいしゅつ》した3人《にん》の足音《あしおと》が遠《とお》ざかっていったのを待《ま》っていたかのようなタイミングで、オールマイトの体《からだ》がもくもくと蒸気《じょうき》に包《つつ》まれる――。

「ゴホゴホッ」

「大丈夫《だいじょうぶ》か、トシ」

先程《さきほど》までとは打《う》って変《か》わってやせこけたトゥルーフォームの背中《せなか》を、デヴィットが労《いた》わるようになでる。

オールマイトは口《くち》の端《はし》ににじんだ血《ち》をぬぐった。

「た、助《たす》かったよ……マッスルフォームを維持《いじ》できる時間《じかん》がさらに減《へ》っていってね……」

「メールで病状《びょうじょう》は知《し》っていたが、まさか、そこまで悪化《あっか》しているとは……」

デヴィットの眉間《みけん》に深《ふか》いシワがよる。

彼《かれ》が知《し》ってる情報《じょうほう》といえば、オールマイトはかつて、巨悪《きょあく》であるオール・フォー・ワンと戦《たたか》ったおり、呼吸器官《こきゅうきかん》に大《おお》きな損傷《そんしょう》を受《う》けたということ。

それが一因《いちいん》となり、〝個性《こせい》〟を発揮《はっき》できる時間《じかん》が短《みじか》くなっているということだ。

親友《しんゆう》でもあり、またオールマイトのヒーローコスチューム開発《かいはつ》にかかわる科学者《かがくしゃ》として、状態《じょうたい》の連絡《れんらく》は受《う》けていた。

だが、こうして目《ま》の当《あ》たりにすると、さすがに衝撃《しょうげき》は段違《だんちが》いだ。

まずは現状《げんじょう》の詳細《しょうさい》を知《し》りたいと申《もう》しでたデイヴにうなずいて、オールマイトは弱体化《じゃくたいか》した体《からだ》で親友《しんゆう》に手《て》を借《か》りながら、セントラルタワー内《ない》にある診察室《しんさつしつ》へと移動《いどう》した。

医療用《いりょうよう》ベッドで横《よこ》になるオールマイトの体調《たいちょう》はすばやく分析《ぶんせき》されて、モニターへと映《うつ》しだされる。

はじきだされた数値《すうち》の低《ひく》さに、デヴィットの口《くち》から小《ちい》さなうめき声《ごえ》がでた。

「〝個性《こせい》〟数値《すうち》がなぜこれほどまでさがっているんだ……いくら呼吸器官《こきゅうきかん》に損傷《そんしょう》を受《う》けたとはいえ、この数値《すうち》は異常《いじょう》すぎる……一体《いったい》、君《きみ》の体《からだ》に何《なに》があったというんだ……？」

「……ゴホッ、長年《ながねん》ヒーローをつづけていれば、あちこちガタがでてくるさ……」

デヴィットが、本気《ほんき》で心配《しんぱい》しているのはわかる。

けれど、ワン・フォー・オールの秘密《ひみつ》を彼《かれ》に話《はな》すことはできない。

（話《はな》せば、オール・フォー・ワンとの戦《たたか》いにデイヴやメリッサを巻《ま》きこむことになる……）

だから、オールマイトはまるで時《とき》の流《なが》れのせいだとでもいうように、フッと笑《わら》ってみせた。

けれどデイヴは苦渋《くじゅう》の表情《ひょうじょう》でオールマイトのデータを見《み》つめる。

「このままでは、平和《へいわ》の象徴《しょうちょう》が失《うしな》われてしまう。日本《にほん》が敵犯罪発生率《ヴィランはんざいはっせいりつ》を六パーセント台《だい》で維持《いじ》しているのは、ひとえに君《きみ》がいるからだ。ほかの国《くに》が、のきなみ二十パーセントを超《こ》えているというのに……君《きみ》がアメリカに残《のこ》ってくれればと何度《なんど》思《おも》ったことか……」

オールマイトというヒーローの、ほかにまねることのできない圧倒的《あっとうてき》な強《つよ》さと人気《にんき》。存在《そんざい》そのものが犯罪《はんざい》の抑止力《よくしりょく》とされ、名実《めいじつ》ともに〝平和《へいわ》の象徴《しょうちょう》〟となった男《おとこ》。

彼《かれ》が弱体化《じゃくたいか》しているなどと、もしも世間《せけん》が知《し》ってしまったら――という最悪《さいあく》な事態《じたい》を考《かんが》え、眉《み》間《けん》のシワをさらに深《ふか》くした親友《しんゆう》に、オールマイトは小《ちい》さく首《くび》を横《よこ》に振《ふ》った。

「それほど悲観《ひかん》する必要《ひつよう》はないさ。優秀《ゆうしゅう》なプロヒーローたちがいるし、君《きみ》が発明《はつめい》したサポートアイテムもある。私《わたし》だって一日《にち》に数時間《すうじかん》はオールマイトとして活動《かつどう》できる」

正確《せいかく》に言《い》うなら、マッスルフォームを保《たも》てる時間《じかん》は一時間半程度《じかんはんていど》。戦闘《せんとう》になればもっと短《みじか》くなりはするが、それを今《いま》、デヴィットに伝《つた》える必要《ひつよう》はない。

現《げん》に、多《おお》めに見《み》つもった時間《じかん》でも、デヴィットは眉《まゆ》をよせ、考《かんが》えこんでしまっている。

「しかし、オール・フォー・ワンのような敵《ヴィラン》が、またあらわれる可能性《かのうせい》も……」

「デイヴ」

オールマイトは、呼《よ》びなれた愛称《あいしょう》でデヴィットを呼《よ》びながら、ゆっくりと半身《はんしん》を起《お》こした。

「そのときのためにも、私《わたし》は平和《へいわ》の象徴《しょうちょう》をおりるつもりはないよ」

そう。まだ、時間《じかん》はあるのだ。それに。

（希望《きぼう》だってある……）

タワーの窓《まど》から見《み》える太陽《たいよう》の光《ひかり》に目《め》をやって、オールマイトはまぶしさに目《め》を細《ほそ》めた。

(ワン・フォー・オールの意志《いし》を……平和《へいわ》の象徴《しょうちょう》を)

今《いま》ごろ、この空《そら》の下《した》を希望《きぼう》に目《め》をかがやかせながら歩《ある》いているだろう出久《いずく》の姿《すがた》が浮《う》かぶ。

〝無個性《むこせい》〟でも夢《ゆめ》をあきらめなかったあの粘《ねば》り強《づよ》さ、ヒーローになるんだという強《つよ》い意志《いし》、誰《だれ》かを救《たす》けたいというひたむきな思《おも》い――。

(次《つぎ》の世代《せだい》につなぐ希望《きぼう》が……)

それは今《いま》、確実《かくじつ》に一歩《いっぽ》ずつ前進《ぜんしん》しているのだから。


ちょうどそのころ。

私服姿《しふくすがた》の4人《よにん》の男《おとこ》たちが、セキュリティ審査《しんさ》を終《お》え、I《アイ》・アイランドへと入国《にゅうこく》を果《は》たした。

I《アイ》・エキスポの会場《かいじょう》ゲートを抜《ぬ》け、にぎわう人《ひと》の群《む》れに一瞥《いちべつ》をくれる。

まん中《なか》を歩《ある》く左頬《ひだりほお》に傷跡《きずあと》のある男《おとこ》が、スマホをタップして耳《みみ》に当《あ》てた。

「会場内《かいじょうない》に到着《とうちゃく》した。こちらから送《おく》った荷物《にもつ》はいつ届《とど》く?」

『十五時《じ》の貨物便《かもつびん》で到着《とうちゃく》する。プラン通《どお》りに受《う》けとってくれ』

「了解《りょうかい》した」

そう言《い》って通信《つうしん》を切《き》りかけた男《おとこ》の目《め》が、一瞬鋭《いっしゅんするど》い光《ひかり》をはなった。

「……なに、オールマイトがこの島《しま》に……？　うろたえるな。それはこちらで対応《たいおう》する」

短《みじか》くそれだけを伝《つた》えて、今度《こんど》こそ男《おとこ》が通信《つうしん》を切《き》る。会話《かいわ》はたったそれだけだ。

「……この島《しま》に……オールマイトが……」

誰《だれ》に聞《き》かれることもないような小《ちい》さな声《こえ》でそれだけをつぶやき、男《おとこ》たちは、何事《なにごと》もなかったように無言《むごん》のまま、会場内《かいじょうない》をゆっくりと歩《ある》いていったのだった。

#02 雄英高校《ゆうえいこうこう》1年《ねん》A組《エーぐみ》、ぞくぞく集合《しゅうごう》!?

I《アイ》・エキスポの会場《かいじょう》では、出久《いずく》が小《ちい》さな子《こ》どものように目《め》をキラキラとかがやかせていた。

「こうしてると、ここが人工《じんこう》の島《しま》だなんて思《おも》えないな。すごいや」

「大都市《だいとし》にある施設《しせつ》は一通《ひととお》りそろってるわ。できないのは旅行《りょこう》くらいね。ここにいる科学者《かがくしゃ》とその家族《かぞく》は、情報漏洩《じょうほうろうえい》を防《ふせ》ぐ守秘義務《しゅひぎむ》があるから」

先導《せんどう》して出久《いずく》にI《アイ》・エキスポの中《なか》を案内《あんない》しながら、メリッサがそう説明《せつめい》する。

生活《せいかつ》には困《こま》らないどころか、どこもかしこも最先端《さいせんたん》の技術《ぎじゅつ》がふんだんに使《つか》われていて、すごいの一言《ひとこと》に尽《つ》きるというものだ。

しかもプレオープンとはいえ、I《アイ》・エキスポの開催中《かいさいちゅう》ということで、オールマイトと同《おな》じように招待《しょうたい》されたのだろう有名《ゆうめい》なプロヒーローが、そこらじゅうにいるではないか。

「わあ！　カイジュウ・ヒーロー、ゴジロ！　本物《ほんもの》を見《み》たの初《はじ》めてだ！」

「スポンサードしてる企業《きぎょう》から招待《しょうたい》されたのね。最新《さいしん》アイテムの実演《じつえん》とか、サイン会《かい》とかいろいろ催《もよお》し物《もの》があるみたい」

ヒーローオタクにはたまらない環境《かんきょう》だ。

「夜《よる》には、関係者《かんけいしゃ》を集《あつ》めたパーティーも……って、デクくんも出席《しゅっせき》するんだよね。マイトおじさまの同伴者《どうはんしゃ》なんだし」

当然《とうぜん》のように話《はなし》を振《ふ》られたが、正直出久《しょうじきいずく》は今知《いまし》った。

（オールマイトが正装《せいそう》を持《も》ってきなさいって言《い》ってたのは、そのためだったのか……！）

　オールマイトの指示で、ここに来る前あわてて母にスーツを一式そろえてもらってはいる。

　そういえば、正装《せいそう》の機会《きかい》なんて今《いま》までなかったのでうっかりしていたけれど、もしかして靴《くつ》も必要《ひつよう》だったんじゃないだろうか。はいてきたスニーカーしかないが大丈夫《だいじょうぶ》だろうか。

そんなことを悩《なや》んでいると、メリッサがくるりと振《ふ》りむいた。

「デクくん。見学《けんがく》するなら、あそこのパビリオンがおすすめよ！」

言《い》うなり出久《いずく》の腕《うで》をつかんで走《はし》りだす。

女子《じょし》からの急《きゅう》な接触《せっしょく》に赤面《せきめん》し、あわててつんのめりそうになった出久《いずく》は、パビリオンの中《なか》に入《はい》ると、一瞬《いっしゅん》でそんなことは忘《わす》れてしまった。

「うわあ、最新《さいしん》のヒーローアイテムがこんなに！」

会場内《かいじょうない》のブースにところせましと展示《てんじ》されているのは、まだどこの市場《しじょう》にもでまわっていない最新型《さいしんがた》ばかり。自分《じぶん》の特性《とくせい》にあうものがあれば、自由《じゆう》に試《ため》してもいいらしい。

目《め》をかがやかせる出久《いずく》の腕《うで》に腕《うで》をからめて、メリッサは展示《てんじ》されている移動用《いどうよう》ビークルを紹介《しょうかい》する。

「デクくん、見《み》て見《み》て！　この多目的《たもくてき》ビークル、飛行能力《ひこうのうりょく》はもとより水中行動《すいちゅうこうどう》も可能《かのう》よ！」

「すごい！」

「この潜水《せんすい》スーツは深海《しんかい》七〇〇〇メートルにまで耐《た》えられるの！」

「深《ふか》い！」

「このゴーグルには三十六種類《しゅるい》のセンサーが内蔵《ないぞう》されてるわ！」

「見《み》えすぎる！」

試《ため》しにゴーグルをかけてみる。グラス部分《ぶぶん》に一斉《いっせい》にセンサーが示《しめ》されて、出久《いずく》は「わあっ！」と歓声《かんせい》をあげた。イキイキと紹介《しょうかい》される展示品《てんじひん》は、どれもこれも興味深《きょうみぶか》い。

このアイテムはあのヒーローが使《つか》ったらよさそう、こっちはあのヒーローと相性《あいしょう》がいいかも、と頭《あたま》の中《なか》でマッチングさせて楽《たの》しんでいると、メリッサが誇《ほこ》らしげに胸《むね》を張《は》った。

「実《じつ》は、ほとんどのものは、パパが発明《はつめい》した特許《とっきょ》をもとに作《つく》られてるの！」

「へええ、すごいなぁ！」

さすが天才《てんさい》〝個性《こせい》〟研究者《けんきゅうしゃ》、デヴィット・シールド博士《はかせ》だ。

あらゆるヒーローの〝個性《こせい》〟に対応《たいおう》できるすばらしい発想《はっそう》と観察力《かんさつりょく》がなければ、そうそう実現《じつげん》できるものじゃない。

「ここにあるアイテム一《ひと》つ一《ひと》つが、世界中《せかいじゅう》のヒーローたちの活躍《かつやく》を手助《てだす》けするの」

誇《ほこ》らしげに瞳《ひとみ》をかがやかせながら話《はな》すメリッサの気持《きも》ちが、出久《いずく》にはなんとなくわかる気《き》がした。

「お父《とう》さんのこと、尊敬《そんけい》してるんですね」

オールマイトを語《かた》るときの自分《じぶん》と、似《に》ている気《き》がするせいかもしれない。

「パパのような科学者《かがくしゃ》になるのが夢《ゆめ》だから」

少《すこ》しだけ照《て》れたように笑《わら》いながらそう言《い》って、メリッサはセントラルタワーのある方《ほう》へと顔《かお》をむけた。

「あ、そういえばメリッサさんて、ここのアカデミーの……」

「うん、今《いま》、３年《ねん》」

「すごい！　Ｉ《アイ》・アイランドのアカデミーって言《い》ったら、全世界《ぜんせかい》の科学者志望《かがくしゃしぼう》のあこがれの学校《がっこう》じゃないですか！」

出久《いずく》は思《おも》わず両手《りょうて》を握《にぎ》った。

「私《わたし》なんかまだまだ、もっともっと勉強《べんきょう》しないと……」

「うん。僕《ぼく》もオールマイトのようになるために、もっと努力《どりょく》しなくちゃ！」

あこがれのオールマイトに学《まな》び、プロヒーローを目指《めざ》している出久《いずく》と、尊敬《そんけい》する父《ちち》にあこがれ、科学者《かがくしゃ》を目指《めざ》しているメリッサ。

似《に》た何《なに》かを感《かん》じとり、たがいにエールを送《おく》るように見《み》つめあう。

（おおお、よくよく考《かんが》えたら、初対面《しょたいめん》の女子《じょし》とこんなに長時間《ちょうじかん》話《はな》したのは人生初《じんせいはつ》じゃないか!?　こんなところクラスのみんなに見《み》られたらどうなるだろう？　なんて……）

――そのとき。

出久《いずく》の背後《はいご》で、ゆらりと人影《ひとかげ》が揺《ゆ》らめいた。

「楽《たの》しそうやね、デクくん」

突然名前《とつぜんなまえ》を呼《よ》ばれ、ビクッとして振《ふ》りかえる。

そこには、微妙《びみょう》に頰《ほお》をひきつらせたような顔《かお》で微笑《ほほえ》む麗日《うららか》お茶子《ちゃこ》がいた。

「う、ううう麗日《うららか》さん!?」

出久《いずく》と同《おな》じくヒーローを目指《めざ》す雄英高校《ゆうえいこうこう》のクラスメイトで、ショートボブの女《おんな》の子《こ》だ。

見《み》なれた制服《せいふく》ではなく、ヒーローコスチュームを着《き》ている。

「楽《たの》しそうやね」

(二回言《かいい》った！)

いつもおだやかで麗《うら》らかなお茶子《ちゃこ》の笑顔《えがお》が、なぜだろう。今《いま》はやけに怖《こわ》い。

いろんな意味《いみ》で出久《いずく》がドキドキしていると、彼女《かのじょ》のうしろから見《み》しったべつの顔《かお》がひょっこりとあらわれた。

「ええ、とっても楽《たの》しそうでしたわ」

「八百万《やおよろず》さん!?」

「緑谷《みどりや》、聞《き》いちゃった」

クラスメイトで副委員長《ふくいいんちょう》の八百万百《やおよろずもも》と、耳郎響香《じろうきょうか》だ。やはり2人《ふたり》ともヒーローコスチュームに着《き》がえている。

耳郎《じろう》はキツめの三白眼《さんぱくがん》でニヤリと笑《わら》いながら〝個性《こせい》〟のイヤホンジャックを揺《ゆ》らして見《み》せた。

(恐《おそ》るべし、耳郎《じろう》さんのイヤホンジャック！)

彼女《かのじょ》のイヤホンジャックを差《さ》しこめば、どんな会話《かいわ》も筒抜《つつぬ》けになる。

いったいどこから聞《き》かれていたのか――いや、別《べつ》に聞《き》かれて困《こま》るような話《はなし》はなにもしていないはずなのに、出久《いずく》の背中《せなか》をダラダラと冷《ひ》や汗《あせ》が落《お》ちる。

今《いま》もずっと、麗《うら》らかには見《み》えない怖《こわ》い笑顔《えがお》をむけてくるお茶子《ちゃこ》のせいかもしれない。

かたまっている出久《いずく》の肩《かた》を、メリッサがつつく。

「お友《とも》だち？」

「あ、はい。学校《がっこう》のクラスメイトで……何《なに》か誤解《ごかい》してるみたいで……。あ、あの！　僕《ぼく》はメリッサさんに会場《かいじょう》の案内《あんない》をしてもらっているだけで……！」

言《い》い訳《わけ》めいた説明《せつめい》をする出久《いずく》の横《よこ》から、メリッサがニコニコと笑顔《えがお》でうなずく。

「そうなの、私《わたし》のパパとマイトおじさまが……」

「わーっ！」

あわてて、出久《いずく》は大《おお》きな声《こえ》をだした。

おどろく友人《ゆうじん》たちの前《まえ》からメリッサだけを引《ひ》きよせて、小声《こごえ》で打《う》ちあける。

「お願《ねが》いします。僕《ぼく》がオールマイトの同伴者《どうはんしゃ》だってことは、内緒《ないしょ》にしておいてください」

「どうして？」

出久《いずく》にあわせて顔《かお》をよせたメリッサも、小声《こごえ》でコソコソと聞《き》く。

「いろいろと事情《じじょう》がありまして……」

「わかったわ、まかせて」

グッと親指《おやゆび》を立《た》て、ウィンクをくれたメリッサが頼《たの》もしく見《み》える。

「よかったらカフェでお茶《ちゃ》しません？」

――と思《おも》ったら、そんなことを言《い》いだした。

（ああ、火《ひ》に油《あぶら》が注《そそ》がれていくような――！）

メリッサの申《もう》しでに、お茶子《ちゃこ》も八百万《やおよろず》も耳郎《じろう》も、二《ふた》つ返事《へんじ》でオーケーする。

さっさとこの場《ば》を立《た》ちさりたかった出久《いずく》の思《おも》いは、誰《だれ》にも全《まった》く伝《つた》わらないで終《お》わってしまった。

けれど、メリッサの案内《あんない》でI《アイ》・エキスポ内《ない》のオープンカフェに入《はい》った女子《じょし》たちは、出久《いずく》の予想《よそう》に反《はん》し、あっという間《ま》に打《う》ちとけた。

自分《じぶん》たちの〝個性《こせい》〟を説明《せつめい》したり、実践《じっせん》してみせたりと、笑顔《えがお》が絶《た》えない。

お茶子《ちゃこ》が両手《りょうて》をあわせてからメリッサに触《ふ》れると、彼女《かのじょ》の〝個性《こせい》〟で無重力《むじゅうりょく》となったメリッサは楽《たの》しそうに歓声《かんせい》をあげた。

その後《あと》は、メリッサおすすめのケーキをみんなで食《た》べながら、4人《よにん》の会話《かいわ》に花《はな》が咲《さ》く。

「お茶子《ちゃこ》さんたち、職場体験《しょくばたいけん》で本物《ほんもの》のプロヒーローと一緒《いっしょ》にヒーロー活動《かつどう》したの？」

「と言《い》っても、訓練《くんれん》やパトロールばかりでしたけど」

「うちは事件《じけん》にかかわったけど、避難誘導《ひなんゆうどう》をしたくらいで……」

お茶子《ちゃこ》と耳郎《じろう》が照《て》れくさそうに笑《わら》う。その横《よこ》で、八百万《やおよろず》が少《すこ》しだけ遠《とお》い目《め》になった。

「私《わたし》はなぜかテレビCM《シーエム》に出演《しゅつえん》するハメに……」

「さすがヒーローの卵《たまご》、華《はな》やかね！」

とつぎつぎと話《はな》が広《ひろ》がる女子《じょし》たちの様子《ようす》に、出久《いずく》はホッと息《いき》をはいた。

（よ、よかった。誤解《ごかい》がとけて……）

この流《なが》れなら、自分《じぶん》やオールマイトの話題《わだい》になることはないだろう。

胸《むね》をなでおろしていると、テーブルに飲《の》み物《もの》が置《お》かれた。

「お飲《の》み物《もの》、お持《も》ちしました」

ギャルソン姿《すがた》のボーイから受《う》けとろうと顔《かお》をあげると、そこには意外《いがい》な2人《ふたり》がいて、出久《いずく》はおどろいて席《せき》を立《た》った。

背《せ》の低《ひく》いぽこぽこ頭《あたま》の峰田実《みねたみのる》と、金髪《きんぱつ》に黒《くろ》メッシュ頭《あたま》の上鳴電気《かみなりでんき》だ。

2人《ふたり》に気《き》づいた耳郎《じろう》が、ケーキにフォークをさしつつ聞《き》く。

「あんたら、何《なに》してんの？」

「I《アイ》・エキスポの間《あいだ》だけ臨時《りんじ》でバイトを募集《ぼしゅう》してたから応募《おうぼ》したんだよ」

「休《やす》み時間《じかん》にI《アイ》・エキスポ見学《けんがく》できるし、給料《きゅうりょう》もらえるし、来場《らいじょう》したかわいい女《おんな》の子《こ》とステキな出会《であ》いがあるかもしれないしな！」

なるほど。招待《しょうたい》が無《な》くても、そういう参加《さんか》のしかたもできるのか。

「それよりも……」

感心《かんしん》している出久《いずく》を、峰田《みねた》と上鳴《かみなり》は、ぐいっとテーブルの隅《すみ》に引《ひ》っぱった。

「おい緑谷《みどりや》、あんな美人《びじん》とどこで知《し》りあったんだよ!?」

「紹介《しょうかい》しろ、紹介《しょうかい》！」

「いや、あの……」

声《こえ》をひそめてはいるが、下心《したごころ》と嫉妬心《しっとしん》がまる見《み》えだ。

どう説明《せつめい》すればいいかと考《かんが》えていると、メリッサが女子《じょし》にこっそりと聞《き》いた。

「彼《かれ》らも雄英生《ゆうえいせい》？」

「そうです！」

「ヒーロー志望《しぼう》です！」

上鳴《かみなり》と峰田《みねた》が鼻《はな》の下《した》を伸《の》ばしながら胸《むね》を張《は》ったそのとき。

「何油《なにあぶら》を売《う》っているんだ!?　アルバイトを引《ひ》きうけた以上《いじょう》、労働《ろうどう》にはげみたまえ！」

出久《いずく》たちのテーブル席《せき》のすぐ近《ちか》くから、見覚《みおぼ》えのあるヒーローコスチュームが走《はし》りよってきた。

両手《りょうて》をカックンカックン動《うご》かすその独特《どくとく》な仕草《しぐさ》をする人物《じんぶつ》は、1人《ひとり》しか知《し》らない。

「い、飯田《いいだ》くん!?」

真面目《まじめ》が服《ふく》を着《き》て歩《ある》いているようなクラスメイト、飯田天哉《いいだてんや》だ。

思《おも》わぬ人物《じんぶつ》の登場《とうじょう》に、お茶子《ちゃこ》が目《め》をまるくする。

「来《き》てたん？」

「うちはヒーロー一家《いっか》だからね、I《アイ》・エキスポから招待状《しょうたいじょう》をいただいたんだ。家族《かぞく》は予定《よてい》があって、来《き》たのは俺《おれ》1人《ひとり》だが」

おどろく出久《いずく》たちに、飯田《いいだ》はこともなげにそう言《い》った。八百万《やおよろず》がうれしそうな声《こえ》をあげる。

「飯田《いいだ》さんもですの？　私《わたし》も父《ちち》がI《アイ》・エキスポのスポンサー企業《きぎょう》の株《かぶ》を持《も》っているものですから招待状《しょうたいじょう》をいただきましたの」

「で、ヤオモモの招待状《しょうたいじょう》が二枚《まい》あまってたから……」

耳郎《じろう》の説明《せつめい》では、クラスの女子《じょし》の間《あいだ》でジャンケン争奪戦《そうだつせん》が行《おこな》われたらしい。

その厳正《げんせい》な勝負《しょうぶ》の末《すえ》、お茶子《ちゃこ》と耳郎《じろう》が勝《か》ちとったというわけだ。

「そうなんですの、わ……!?」

うなずく八百万《やおよろず》の声《こえ》にかぶるように、突然辺《とつぜんあた》りに爆発音《ばくはつおん》がとどろいた。

「な、なんだ⁉」

思《おも》わず立《た》ちあがった出久《いずく》たちの耳《みみ》に、遠《とお》くから歓声《かんせい》が聞《き》こえてくる。

「ああ、きっと今《いま》のはね――」

メリッサから体験型《たいけんがた》のアトラクションがあるのだと教《おし》えられ、みんなでむかうことにした。

到着《とうちゃく》した会場《かいじょう》は、すでにほとんど満席《まんせき》になっている。

半円《はんえん》を描《えが》く観客席《かんきゃくせき》の注目《ちゅうもく》を集《あつ》めるステージ上《じょう》には、敵《ヴィラン》に似《に》せた動《うご》く的《まと》と、ヒーローコスチュームを着《き》た赤髪《あかがみ》がツンツンにとがっている少年《しょうねん》が1人《ひとり》。

「うおおおおお！」

雄叫《おたけ》びをあげ、〝個性《こせい》〟により硬化《こうか》した腕《うで》を的《まと》へとはなつ姿《すがた》に、出久《いずく》はあんぐりと口《くち》を開《あ》けた。

直撃《ちょくげき》を受《う》けた的《まと》が、バラバラと半壊《はんかい》する。

「き、切島《きりしま》くん……」

それはクラスメイトの切島鋭児郎《きりしまえいじろう》だった。彼《かれ》もI《アイ》・アイランドに来《き》ていたようだ。

「クリアタイム三十三秒《びょう》！　第八位《だいい》です！」

司会《しかい》が大《おお》きな声《こえ》で成果《せいか》をアナウンスすると、会場内《かいじょうない》から拍手《はくしゅ》と歓声《かんせい》があがる。

メリッサが出久《いずく》のそでを引《ひ》いた。

「デクくん、もしかしてあの人《ひと》も……」

「はい、クラスメイトです」

「さあ、次《つぎ》なるチャレンジャーは……！」

司会《しかい》の声《こえ》に、出久《いずく》は再《ふたた》びステージを見《み》て、思《おも》わず大《おお》きな声《こえ》をだした。

「かっ、かっちゃん!?」

そこにいたのは、ヒーローコスチュームに身《み》を包《つつ》み、鋭《するど》い目《め》で的《まと》を睨《にら》みつける爆豪勝己《ばくごうかつき》。

「それでは、ヴィラン・アタック！　レディィイ、ゴー！」

合図《あいず》と同時《どうじ》に的《まと》が一斉《いっせい》に動《うご》きだす。

おそいくる敵《ヴィラン》を、爆豪《ばくごう》はみずから起《お》こした爆発《ばくはつ》でかるがると跳《と》びはねながらかわす。手《て》のひらからニトロのような汗《あせ》をだし爆発《ばくはつ》させる彼《かれ》の〝個性《こせい》〟だ。

さらに何度《なんど》か爆発《ばくはつ》をくりかえし、軌道修正《きどうしゅうせい》を行《おこな》いながら的《まと》にむかい、腕《うで》を最大《さいだい》に爆発《ばくはつ》させて――、

「死《し》ねえ！」

ヒーローにあるまじきセリフとともにはなたれた爆発《ばくはつ》で、的《まと》がこなごなになる。

湧《わ》きあがる歓声《かんせい》の中《なか》、司会《しかい》も興奮《こうふん》した声《こえ》になった。

「これはすごい！　クリアタイム十五秒《びょう》、トップです！」

「ふん」

「あれ？　あそこにいるの緑谷《みどりや》じゃね!?」

当《あ》たり前《まえ》だと言《い》わんばかりの爆豪《ばくごう》にならんだ切島《きりしま》が、客席《きゃくせき》の出久《いずく》たちに気《き》づいたようだ。ぶんぶんと手《て》を振《ふ》る切島《きりしま》の隣《となり》で、爆豪《ばくごう》の顔《かお》が一気《いっき》にけわしくなる。

「あ!?」

出久《いずく》が〝無個性《むこせい》〟だったときから、ずっと先《さき》にいた強《つよ》い〝個性《こせい》〟の持《も》ち主《ぬし》で、幼《おさな》なじみの爆豪《ばくごう》には、何《なに》かにつけからかわれてきた。

最近《さいきん》では〝個性《こせい》〟の発現《はつげん》した出久《いずく》に対《たい》して、ねたみも含《ふく》みいっそう態度《たいど》が硬化《こうか》している気《き》もする。だけど、彼《かれ》の強《つよ》さはまちがいなく出久《いずく》のあこがれの一《ひと》つでもある。

「なんでテメェがここにいるんだよ!?」

出久《いずく》に気《き》づいた爆豪《ばくごう》は、言《い》うなり手《て》のひらを爆発《ばくはつ》させて、一気《いっき》に客席《きゃくせき》までやってきた。

「や、やめようよかっちゃん、人《ひと》が見《み》てるから」

「だからなんだっつーんだ！」

「ひいいっ」

まるで取《と》りつくしまもない。

「やめたまえ、爆豪《ばくごう》くん！」

今《いま》にも攻撃《こうげき》をしかけそうな爆豪《ばくごう》の前《まえ》に、飯田《いいだ》が両手《りょうて》を広《ひろ》げて割《わ》って入《はい》る。

「あのコ、どうして怒《おこ》ってるの？」

彼《かれ》らのやりとりに、メリッサは不思議《ふしぎ》そうに首《くび》をかしげた。

「いつものことです」

「男《おとこ》のインネンってやつです」

「？」

お茶子《ちゃこ》たちのしみじみとした説明《せつめい》に、メリッサはやはり不思議《ふしぎ》そうに首《くび》をかしげるが、ほかになんとも言《い》いようがない。

苦笑《くしょう》しているお茶子《ちゃこ》たちのもとへ、爆豪《ばくごう》に遅《おく》れてステージをおりた切島《きりしま》もやってくる。

「切島《きりしま》さんたちもエキスポへ招待《しょうたい》受《う》けたんですの？」

「いや、招待《しょうたい》されたのは雄英体育祭《ゆうえいたいいくさい》で優勝《ゆうしょう》した爆豪《ばくごう》、俺《おれ》はその付《つ》きそい」

「そういうことね」

入学《にゅうがく》してすぐに行《おこな》われる雄英高校《ゆうえいこうこう》の一大《いちだい》イベントの体育祭《たいいくさい》は、メディアにも大々的《だいだいてき》に取《と》りあげられる。成績優秀者《せいせきゆうしゅうしゃ》はその後《あと》のヒーロー事務所《じむしょ》への職場体験《しょくばたいけん》など、いろいろな特典《とくてん》があるのだが、I《アイ》・エキスポの招待券《しょうたいけん》もその一環《いっかん》だったらしい。

切島《きりしま》が親指《おやゆび》でステージをクイッと示《しめ》す。

「何《なに》、これからみんなでアレ挑戦《ちょうせん》すんの？」

笑顔《えがお》で聞《き》いた切島《きりしま》の隣《となり》で、爆豪《ばくごう》の額《ひたい》に、ビキッと青筋《あおすじ》が浮《う》かんだのが出久《いずく》には見《み》えた。

あわてて、出久《いずく》は首《くび》を横《よこ》に振《ふ》る。

「いや、そういうつもりじゃ……」

「やるだけムダだ、俺《おれ》の方《ほう》が強《つよ》いに決《き》まってるだろーが！」

「うん、そうだね、うん」

「でも、やってみなきゃわからないんじゃないかな？」

「うん、そうだね……って、いやっ、その、かっちゃん――」

でるつもりはなかったのに、間《あいだ》に入《はい》ったお茶子《ちゃこ》の言葉《ことば》にうっかりうなずいてしまい、ハッとしたときには遅《おそ》かった。

「だったら早《は》よでて、ミジメな結果《けっか》をだしてこいやこのクソナード（おたく）が！」

「は、はいぃっ！」

怒《いか》り心頭《しんとう》の爆豪《ばくごう》におどされるような形《かたち》で、出久《いずく》はステージへと飛《と》びいり参加《さんか》するはめになってしまった。

★
★
MHA
★
★

「さて、飛《と》びいりで参加《さんか》してくれたチャレンジャー！　一体《いったい》、どんな記録《きろく》をだしてくれるのでしょうか！」

司会《しかい》に紹介《しょうかい》されてステージにあがった出久《いずく》は、しっかりと両手《りょうて》の拳《こぶし》を握《にぎ》り、あらわれた敵《ヴィラン》の的《まと》を真剣《しんけん》に見《み》つめた。

（やると決《き》めたからには……ワン・フォー・オール　フルカウル……！）

全身《ぜんしん》の筋力《きんりょく》を〝個性《こせい》〟の力《ちから》で強化《きょうか》する。

「ヴィラン・アタック！　レディィィ・ゴー！」

合図《あいず》と同時《どうじ》にすばやく動《うご》く的《まと》にむかって、出久《いずく》ははねるように駆《か》けだした。

そのすばやい動《うご》きに、観客席《かんきゃくせき》のお茶子《ちゃこ》やメリッサたちからも歓声《かんせい》があがる。

「おおっ！」

「速《はや》い！」

そうして的《まと》に接近《せっきん》した出久《いずく》は、拳《こぶし》を振《ふ》りあげ、ねらいをさだめる。

(腕《うで》を痛《いた》めないように……五パーセントの力《ちから》で！)

くりだした出久《いずく》のパンチが、的《まと》をこなごなにしていく。会場内《かいじょうない》がどよめいた。

「これもすごい！　十六秒《びょう》！　二位《い》です！」

「あーデクくん惜《お》しい！」

お茶子《ちゃこ》がくやしそうな声《こえ》をあげた。

「すごい瞬発力《しゅんぱつりょく》、それに破壊力《はかいりょく》……」

ステージでの出久《いずく》の動《うご》きを見《み》たメリッサは、おどろきに目《め》をまるくした。

彼《かれ》の〝個性《こせい》〟は筋力強化《きんりょくきょうか》というカテゴリーに入《はい》ると思《おも》う。

オールマイトの〝個性《こせい》〟に似《に》ている、とメリッサは感《かん》じた。

尊敬《そんけい》する父《ちち》の親友《しんゆう》で、すばらしいヒーロー。そんな彼《かれ》に似《に》ている少年《しょうねん》。

「十六秒《びょう》か……まさか、かっちゃんの記録《きろく》にここまで迫《せま》れるなんて」

ステージから客席《きゃくせき》へともどって来《き》た出久《いずく》は、満足《まんぞく》げに自分《じぶん》の両手《りょうて》を見《み》つめている。

うれしそうなその表情《ひょうじょう》は、あどけない高校生男子《こうこうせいだんし》そのものだ。

「だー！　クソありえねー！　もっかいつきはなしたらぁ！」

出久《いずく》の結果《けっか》に納得《なっとく》のいかない爆豪《ばくごう》が、イライラとわめきちらす。

ドスドスと地響《じひび》きを立《た》てながらステージにあがろうとした爆豪《ばくごう》の目《め》に、ヒーローコスチュームが目《め》に入《はい》った。

「あ!?」

いきなり辺《あた》りの空気《くうき》が冷《つめ》たくなった――と、思《おも》った途端《とたん》動《うご》いていた的《まと》が一瞬《いっしゅん》にして氷漬《こおりづ》けになった。

パキリと小《ち》さな音《おと》を立《た》て、的《まと》はこなごなに砕《くだ》けて消《き》える。

一瞬《いっしゅん》しずまりかえった後《あと》、司会《しかい》の興奮《こうふん》したさけびで、客席《きゃくせき》のボルテージは一気《いっき》にあがった。

「ひゃー!! これはすごい! すごい! すごい!! じゅ、十四秒《びょう》! 現在《げんざい》トップにおどりでました」

その結果《けっか》をだしたのは、やはり雄英高校《ゆうえいこうこう》のクラスメイト――、

「轟《とどろき》くん!」

顔《かお》の半分《はんぶん》にやけど痕《あと》が残《のこ》る、轟焦凍《とどろきしょうと》。両親《りょうしん》から受《う》け継《つ》いだ〝個性《こせい》〟は『半冷半燃《はんれいはんねん》』。

「てめぇこの半分野郎《はんぶんやろう》、いきなりでてきて俺《おれ》すげーアピールかコラ! 大体《だいたい》なんでてめーがここにいんだよ!?」

勝手《かって》にステージにあがりからむ爆豪《ばくごう》を、轟《とどろき》はまったく気《き》にしていないようだ。

「招待《しょうたい》を受《う》けた親父《おやじ》の代理《だいり》で」

素直《すなお》にこたえた彼《かれ》を押《お》しのけ、爆豪《ばくごう》はステージに上《あ》がろうとする。

「あの! 次《つぎ》の方《かた》が待《ま》って……」

「うっせ!」

司会者《しかいしゃ》にまでタンカを切《き》るようにすごむ爆豪《ばくごう》を、あわてて出久《いずく》と飯田《いいだ》、それに切島《きりしま》が止《と》めに入《はい》

る。

「かっちゃんが暴走《ぼうそう》した！」

「みんな、止《と》めるんだ！　雄英《ゆうえい》の恥部《ちぶ》が世間《せけん》にさらされてしまうぞ！」

「お、おう！」

こういうときの爆豪《ばくごう》に、言《い》って聞《き》かせるのは無理《むり》な話《はなし》だ。となれば実力行使《じつりょくこうし》にでるしかない。暴走《ぼうそう》する爆豪《ばくごう》を、出久《いずく》たちが３人《にん》がかりでなんとか押《お》さえこむ。

それを見《み》ながら楽《たの》しそうに笑《わら》うメリッサの横《よこ》で、八百万《やおよろず》たちはなんともいえない深《ふか》いため息《いき》をついた。


夕陽《ゆうひ》がゆっくりと辺《あた》りを包《つつ》みこみはじめると、場内《じょうない》にアナウンスが流《なが》れる。

『Ｉ《アイ》‐エキスポ、プレオープンは十八時《じ》で閉園《へいえん》となります。ご来場《らいじょう》ありがとうございました。明日《あす》からの一般公開《いっぱんこうかい》にもお越《こ》しくださいますよう、スタッフ一同《いちどう》、心《こころ》よりお待《ま》ちしております』

新製品《しんせいひん》やイベントの熱気《ねっき》を残《のこ》しながらも、パビリオンから人《ひと》の群《む》れが引《ひ》いていく。

オープンカフェの店《みせ》の裏《うら》にある、従業員専用扉《じゅうぎょういんせんようとびら》から出《で》てきた峰田《みねた》と上鳴《かみなり》は、よれよれとした動《うご》きで大《おお》きく息《いき》をはきだした。

「はぁ、ようやく終《お》わった……」

「プレオープンでこの忙《いそが》しさってことは、明日《あす》からどうなっちまうんだ一体《いったい》……」

「やめろ。考《かんが》えたくない……」

上鳴《かみなり》は壁《かべ》に頭《あたま》を打《う》ちつけて脱力《だつりょく》する。

ヒーローを目指《めざ》すものとしてI《アイ》・エキスポへの好奇心《こうきしん》が半分《はんぶん》、新《あら》たな女子《じょし》と出会《であ》う期待《きたい》が半分《はんぶん》で参加《さんか》したバイトだったが、こうも激務《げきむ》になるとは想像《そうぞう》していなかった。

今夜《こんや》は、これからヒーローたちが集《あつ》まるパーティーが開催《かいさい》されるという話《はなし》も聞《き》いたが、ただのアルバイターにその招待状《しょうたいじょう》などあるわけもない。

疲《つか》れた体《からだ》を引《ひ》きずって、2人《ふたり》でホテルへ帰《かえ》ろうとしたとき。

「峰田《みねた》くん、上鳴《かみなり》くん、お疲《つか》れさま」

出久《いずく》の声《こえ》がして振《ふ》りかえる。

昼間《ひるま》、カフェでまったり会話《かいわ》を楽《たの》しんでいたクラスメイトたちが勢《せい》ぞろいしていた。

「労働《ろうどう》、よくがんばったな」

きょとんとしている2人《ふたり》に、飯田《いいだ》がチケットを二枚差《まいさ》しだす。

反射《はんしゃ》で受《う》けとった峰田《みねた》が、夕陽《ゆうひ》にかざして首《くび》をひねった。

「何《なに》これ？」

「レセプション・パーティーへの招待状《しょうたいじょう》ですわ」

「パーティー!? 俺《おれ》らに？」

八百万《やおよろず》の説明《せつめい》に目《め》を白黒《しろくろ》させている2人《ふたり》へ、耳郎《じろう》がうなずく。

「メリッサさんが用意《ようい》してくれたの」

カフェでは出久《いずく》と親《した》しげにしゃべっていた金髪美少女《きんぱつびしょうじょ》が、まぶしいくらいの笑顔《えがお》をくれる。

「あまってたから……よかったら使《つか》って」

こんなラッキーがあるなんて。峰田《みねた》と上鳴《かみなり》は思《おも》わずたがいを見《み》て、

「上鳴《かみなり》」

「峰田《みねた》」

「「俺《おれ》たちの労働《ろうどう》はむくわれた――――！」」

ガシッと抱《だ》きあい天《てん》にむかって絶叫《ぜっきょう》した。

衝撃《しょうげき》の感動《かんどう》にひたる2人《ふたり》を尻目《しりめ》に、飯田《いいだ》がビッと右手《みぎて》をあげる。

「パーティーにはプロヒーローたちも多数参加《たすうさんか》すると聞《き》いている。雄英《ゆうえい》の名《な》に恥《は》じないためにも正装《せいそう》に着《き》がえ、団体行動《だんたいこうどう》でパーティーに出席《しゅっせき》しよう！　……会場《かいじょう》は」

中央《ちゅうおう》にそびえたつのは、遠目《とおめ》からでもわかるほどに巨大《きょだい》なセントラルタワー。

それを見《み》あげた飯田《いいだ》は、眼鏡《めがね》に夕陽《ゆうひ》をきらりと反射《はんしゃ》させてから、クラスメイトへと視線《しせん》をもどした。

「あのセントラルタワー。十八時三十分《じぶん》にロビーに集合《しゅうごう》、時間厳守《じかんげんしゅ》だ！　轟《とどろき》くんや爆豪《ばくごう》くんたちには俺《おれ》からメールをしておく。では解散《かいさん》！」

テキパキと今後《こんご》の指示《しじ》をだしおえると、そのまま1人《ひとり》すごいスピードで帰《かえ》ってしまった。

委員長《いいんちょう》らしい采配《さいはい》で、誰《だれ》も口《くち》をはさむ余地《よち》もない。

いつものことに笑《わら》う出久《いずく》の横《よこ》で、八百万《やおよろず》がお茶子《ちゃこ》たちに話《はな》しかける。

「私《わたし》たちもホテルにもどりましょう。ドレスに着《き》がえないと」

「……やっぱ着《き》るの、アレ」

「パーティーに正装《せいそう》で出席《しゅっせき》するのは当《あ》たり前《まえ》のことですわ」

何《なに》やら不服《ふふく》そうな耳郎《じろう》に八百万《やおよろず》がキッパリと言《い》いきる。

2人《ふたり》の少《すこ》しうしろを歩《ある》いていた峰田《みねた》は難《むずか》しい顔《かお》になった。

「どうする、オイラ、正装《せいそう》なんかねーよ」

「エプロン取《と》れば、それっぽくなっだろ」

あっけらかんと言《い》う上鳴《かみなり》に納得《なっとく》して、ホテルへむかう。

そのまま解散《かいさん》かと思《おも》った出久《いずく》に、お茶子《ちゃこ》がくるりと振《ふ》りかえった。

「デクくん、後《あと》でね！」

「うん！　また！」

ぶんっと、大《おお》きく手《て》を振《ふ》られて振《ふ》りかえす。

なんとなくうしろ姿《すがた》を見《み》おくってから、出久《いずく》はメリッサを見《み》た。

「僕《ぼく》もオールマイトのところにもどらなきゃ。メリッサさん、パーティー会場《かいじょう》で……」

「デクくん、ちょっと、私《わたし》に付《つ》きあってもらえないかな？」

「え、あ、はい……？」

ふいに真剣《しんけん》な表情《ひょうじょう》を見《み》せるメリッサにドキリとしながら、出久《いずく》はついていったのだった。

閉園《へいえん》のアナウンスがI《アイ》・エキスポ会場《かいじょう》にひびきわたっていたころ。

それをデヴィットの研究室《けんきゅうしつ》で聞《き》きながら、オールマイトはゆっくりとソファから腰《こし》をあげた。

「……ゴホッ、デイヴ、また後《あと》で……」

弱々《よわよわ》しい動《うご》きでドアの前《まえ》で立《た》ちどまり、フンッとマッスルフォームへ変身《へんしん》する。

「パーティー会場《かいじょう》で会《あ》おう！」

「ああ」

その背中《せなか》を見《み》おくりながら、デヴィットは考《かんが》えこむように眉間《みけん》にシワをよせた。

「トシ！」

思《おも》わず呼《よ》びかけたデヴィットに、オールマイトが振《ふ》りかえる。

「どうした？」

「……あ、いや、なんでもない……会場《かいじょう》で……」

ニカッと笑顔《えがお》を見《み》せて去《さ》っていくオールマイトに、デヴィットも片手《かたて》をあげてこたえる。

扉《とびら》が閉《し》まったのと同時《どうじ》に、デヴィットは気《き》が抜《ぬ》けたように椅子《いす》に座《すわ》りこんだ。

白衣《はくい》のポケットにつっこんでいたスマホを取《と》りだす。

その待受画面《まちうけがめん》は、最盛期《さいせいき》に活躍《かつやく》していたオールマイトの姿《すがた》だ。

この写真《しゃしん》を撮《と》ったところ、誰《だれ》が今日《きょう》の未来《みらい》を想像《そうぞう》していただろう。
思《おも》いでに語《かた》りかけるのはナンセンスだとわかってはいる。
だが、留学中《りゅうがくちゅう》のオールマイトと過《す》ごした日々《ひび》が、鮮《あざ》やかによみがえってくる。
あれは——そう。たしか十数年前《じゅうすうねんまえ》。

カレッジの研究棟《けんきゅうとう》が実験中《じっけんちゅう》の事故《じこ》で火事《かじ》になった。
『中《なか》に、逃《に》げ遅《おく》れたヤツがいるってよ！』
遠巻《とおま》きな野次馬《やじうま》たちのそんな声《こえ》は、デヴィットの耳《みみ》には届《とど》いていなかった。
『くっ……』
なぜなら逃《に》げ遅《おく》れたヤツ——それがデヴィットのことだったからだ。
火《ひ》の手《て》はどんどん激《はげ》しくなる。消防隊《しょうぼうたい》もまだ来《こ》ない。
絶望的《ぜつぼうてき》な状況《じょうきょう》に、デヴィットは死《し》を覚悟《かくご》した。
まさにそのとき。

ドカンッ

重《おも》たいクラッシュ音《おん》と同時《どうじ》に、研究棟《けんきゅうとう》の壁《かべ》が破壊《はかい》された。

おどろくデヴィットの前《まえ》にあらわれたのは、ニカッと笑《わら》う1人《ひとり》の若者《わかもの》。

――それが、オールマイトとの初《はじ》めての出会《であ》いだ。

鍛《きた》えあげられた広《ひろ》い背中《せなか》におぶわれながら、すすだらけで救《たす》けだされたデヴィットは、命《いのち》の恩《おん》人《じん》に右手《みぎて》を差《さ》しだした。

『ありがとう。俺《おれ》はデヴィット・シールド。君《きみ》は？』

『オールマイト。ヒーロー……志望《しぼう》の学生《がくせい》さ！』

ヒーロー。

あのときほど、その言葉《ことば》が心《こころ》にひびいたことはない。

彼《かれ》は、オールマイトはきっとすばらしいヒーローになる。デヴィットはそう確信《かくしん》した。

それから彼《かれ》と一緒《いっしょ》に過《す》ごすことが多《おお》くなって、人《ひと》となりを知《し》るにつれ、プライベートでも親交《しんこう》を深《ふか》めていくことになり――、

『最新素材《さいしんそざい》で作《つく》った君専用《きみせんよう》のコスチュームだ。これで多少《たしょう》のムチャもできるようになる』

研究《けんきゅう》もかねて、ヤングエイジのコスチュームを作《つく》ったのもそのころだ。

そのコスチュームは、大《おお》いに彼《かれ》の救《たす》けになった。

あれは、――工事現場《こうじげんば》の鉄骨《てっこつ》が崩《くず》れた現場《げんば》に行《い》ったときだ。逃《に》げる人々《ひとびと》を安全《あんぜん》な場所《ばしょ》へ誘導《ゆうどう》するデヴィットに、倒《たお》れた鉄骨《てっこつ》を支《ささ》えるオールマイトはニカッと笑顔《えがお》をむけた。

『いいね、最高《さいこう》だデイヴ』

その賛辞《さんじ》は、どの実験《じっけん》の成功《せいこう》よりもデヴィットの心《こころ》をふるわせた。

敵《ヴィラン》の襲撃現場《しゅうげきげんば》からの救援《きゅうえん》を受《う》け、彼《かれ》を車《くるま》で送《おく》ったこともあった。

デヴィットの発明《はつめい》した万能車《ばんのうしゃ》、オール・モービルの上《うえ》で仁王立《におうだ》ちになったオールマイトが、天《てん》に届《とど》くような声《こえ》でさけぶ。

『もう大丈夫《だいじょうぶ》！　なぜって？』

悲鳴《ひめい》をあげ、絶望的《ぜつぼうてき》な涙《なみだ》を流《なが》す人々《ひとびと》の前《まえ》に、オール・モービルから颯爽《さっそう》と飛《と》びおりたオールマイトが絶対的《ぜったいてき》な笑顔《えがお》を彼《かれ》らにむける。

『私《わたし》が来《き》た！』

あの言葉《ことば》と、あの笑顔《えがお》。

ヒーローとは彼《かれ》のためにある言葉《ことば》だと思《おも》ったほどだ。

デヴィットが彼《かれ》の壮大《そうだい》な目標《もくひょう》を知《し》ったのは、それからしばらくしてからだ。

『私《わたし》が目指《めざ》すのは、みんなが笑《わら》って暮《く》らせる世界《せかい》だ』

ヒーローとして、また誰《だれ》かを救《たす》けたあとだったと思《おも》う。

夕暮《ゆうぐ》れの海辺《うみべ》で、波《なみ》の音《おと》を聞《き》きながら、オールマイトは言《い》った。

『そのために――、私《わたし》はその世界《せかい》を照《て》らしつづける〝平和《へいわ》の象徴《しょうちょう》〟になりたいんだ』

それは――簡単《かんたん》なことではないだろう。けれど静《しず》かな語《かた》り口調《くちょう》とはうってかわって、燃《も》えたぎる熱《あつ》い覚悟《かくご》が伝《つた》わってくる。

デヴィットは自分《じぶん》に誓《ちか》う。

彼《かれ》の、ヒーローのためにともにあろうと。

彼《かれ》の想《おも》いが実現《じつげん》するその日《ひ》まで、自分《じぶん》にできる最高《さいこう》のサポートをしていこう、と。


「トシ……」

今《いま》の彼《かれ》のために、今《いま》の自分《じぶん》ができること——。

デヴィットはゆっくりと目《め》を閉《と》じて、親友《しんゆう》の名前《なまえ》をつぶやいた。


ちょうどそのころ。

セントラルタワーの一角《いっかく》では、誰《だれ》に知《し》られるともなく犯罪《はんざい》が行《おこな》われていた。

床《ゆか》には、抵抗《ていこう》むなしく乱暴《らんぼう》に縛《しば》られている警備員《けいびいん》たち——その脇《わき》には人相《にんそう》の悪《わる》い3人《にん》の男《おとこ》の姿《すがた》があった。

1人《ひとり》が、手《て》にしたトランシーバーに話《はな》しかける。

「拘束《こうそく》しました。警備《けいび》は5人《にん》、プラン通《どお》りです」

『まだ警備《けいび》システムは生《い》きてる。殺《ころ》さずに軟禁《なんきん》しておけ』

部下《ぶか》からの連絡《れんらく》に指示《しじ》をだし、満足《まんぞく》げに通信《つうしん》を切《き》った男《おとこ》の頬《ほお》には傷跡《きずあと》が。

男《おとこ》は、セントラルタワーの近《ちか》くで自分《じぶん》を囲《かこ》む6人《にん》の手下《てした》たちに目配《めくば》せをした。

「こちらも動《うご》くぞ」

そうして何事《なにごと》もなかったような顔《かお》をして、セントラルタワーへと侵入《しんにゅう》を果《は》たしたのだった。

#03 似《に》ている2人《ふたり》

「ここが私《わたし》の通《かよ》うアカデミーの校舎《こうしゃ》で――……ここが、私《わたし》の使《つか》っている研究室《けんきゅうしつ》」

「うわあ、本格的《ほんかくてき》！　こんな場所《ばしょ》で研究《けんきゅう》できるなんて……メリッサさんは本当《ほんとう》に優秀《ゆうしゅう》なんですね」

I《アイ》-エキスポ会場《かいじょう》をあとにした出久《いずく》が案内《あんない》されたのは、メリッサの通《かよ》っているアカデミーの研《けん》究室《きゅうしつ》だった。

室内《しつない》には様々《さまざま》な実験器具《じっけんきぐ》やモニターがある。

難《むずか》しそうな専門書《せんもんしょ》がぎっしりならぶ本棚《ほんだな》の上《うえ》には、たくさんのトロフィーが飾《かざ》られていた。

作業台《さぎょうだい》の上《うえ》には走《はし》り書《が》きをしたフセンや、計算式《けいさんしき》の書《か》かれたメモも貼《は》られている。

「ううん、そんなことない。私《わたし》、あんまり勉強《べんきょう》ができなかったの。だから一所懸命《いっしょけんめい》勉強《べんきょう》したわ。どうしても、ヒーローになりたかったから……」

「プロヒーローに？」

はめこみ式《しき》の保管棚《ほかんだな》を物色《ぶっしょく》しながら言《い》われた言葉《ことば》に、出久《いずく》はおどろいてメリッサを見《み》た。

「ううん。それはすぐにあきらめた。だって私《わたし》、〝無個性《むこせい》〟だし」

「〝無個性《むこせい》〟って……!?」

ふふっとおかしそうに笑《わら》いながらメリッサはつづける。

「五歳《さい》になっても〝個性《こせい》〟が発現《はつげん》しないから、お医者《いしゃ》さんに調《しら》べてもらったの。そしたら、私《わたし》の足《あし》の小指《こゆび》には関節《かんせつ》が二《ふた》つあって……個性《こせい》が発現《はつげん》しないタイプだって診断《しんだん》されて……」

〝個性《こせい》〟は通常《つうじょう》四歳《さい》までに発現《はつげん》する。

けれど、ごくごくまれに〝無個性《むこせい》〟で生《う》まれることもある。

(僕《ぼく》と同《おな》じだ)

出久《いずく》は〝無個性《むこせい》〟だった。オールマイトから〝個性《こせい》〟を譲渡《じょうと》され今《いま》ここにいる。

ヒーローを目指《めざ》していたというメリッサに、出久《いずく》はおそるおそる聞《き》く。

「すみません、あの……どう思《おも》いました？　まわりの人《ひと》たちが当《あ》たり前《まえ》のように持《も》っているものが、なかったたって言《い》われて……」

出久《いずく》はとてもつらかった。つらくてくやしくて、でもあきらめきれなくて――。

けれどメリッサは少《すこ》しだけさみしそうな顔《かお》をして肩《かた》をすくめ、

「もちろんショックだったわ。でも、私《わたし》には、すぐ近《ちか》くに目標《もくひょう》があったから」

「目標《もくひょう》？」

すぐに力《ちから》のこもった熱《あつ》いまなざしで、本棚《ほんだな》の一角《いっかく》に置《お》かれた写真立《しゃしんた》てを見《み》つめる。幼《おさな》いメリッサとデヴィット、一緒《いっしょ》に写《うつ》っているやさしそうな笑顔《えがお》の女性《じょせい》は、きっと彼女《かのじょ》の母親《ははおや》だろう。

「私《わたし》のパパ……パパはヒーローになれるような〝個性《こせい》〟を持《も》ってなかったけど、科学《かがく》の力《ちから》でマイトおじさまやヒーローたちのサポートをしてる。間接的《かんせつてき》にだけど平和《へいわ》のために戦《たたか》ってる」

「ヒーローを救《たす》ける存在《そんざい》……」

「そう、それが私《わたし》の目指《めざ》すヒーローのなり方《かた》」

力強《ちからづよ》い宣言《せんげん》をして、メリッサが再《ふたた》び棚《たな》を物色《ぶっしょく》しはじめた。

その背中《せなか》が、やけに頼《たの》もしく感《かん》じられる。

直接《ちょくせつ》敵《ヴィラン》と戦《たたか》うだけがヒーローじゃない。彼女《かのじょ》たちのような科学者《かがくしゃ》がサポートに尽力《じんりょく》してくれるから、ヒーローはより自分《じぶん》の〝個性《こせい》〟を生《い》かせるんだ、とあらためて感《かん》じる。

（オールマイトも博士《はかせ》のコスチュームでいつだってもっと高《たか》みにむかっていって……）

「あ、あったあった！」

目当《めあ》てのものを見《み》つけたメリッサが、はずんだ声《こえ》をだして、出久《いずく》の側《そば》にもどって来《き》た。

大事《だいじ》そうに開《あ》けた箱《はこ》の中《なか》には、赤《あか》くかがやくメタルフレームのバングルがある。

「このサポートアイテムね、前《まえ》に、マイトおじさまを参考《さんこう》にして作《つく》ったものなの」

言《い》いながら、メリッサは出久《いずく》の右手首《みぎてくび》にそれをはめた。

「ここのパネル押《お》してみて」

言《い》われるがままに押《お》すと、装置《そうち》は見《み》る間《ま》に変形《へんけい》し、出久《いずく》の右腕《みぎうで》をおおうように、赤《あか》い金属性《きんぞくせい》のフレームが何重《なんじゅう》にも装着《そうちゃく》された。

「これは……」

「名付《なづ》けるなら〝フル・ガントレット〟かしら？

……デクくんと初《はじ》めて会《あ》ったとき、手《て》に傷痕《きずあと》があるのを見《み》て――アトラクションをしてたときも、意図《いと》的《てき》に〝個性《こせい》〟をセーブしてるように感《かん》じて。それで思《おも》ったの。デクくんは、強《つよ》すぎる〝個性《こせい》〟に体《からだ》がついていけてないんじゃないかって」

ドキリとする。

〝個性《こせい》〟を使《つか》ったのはあの一回《いっかい》きりだというのに、

まさかそんなことまで見《み》ぬかれていたなんて。

メリッサは装着《そうちゃく》した装置《そうち》に触《ふ》れ、それからまっすぐに出久《いずく》を見《み》つめた。

「このフル・ガントレットを装着《そうちゃく》すれば、デクくんの本来《ほんらい》の力《ちから》を発揮《はっき》できると思《おも》う」

「僕《ぼく》の、力《ちから》を……」

「マイトおじさま並《な》みのパワーで拳《こぶし》をはなっても、三回《かい》は耐《た》えられるくらいの強度《きょうど》があるわ。それ、デクくんが使《つか》って」

「え、でも大切《たいせつ》なものなんじゃ……」

思《おも》わず遠慮《えんりょ》しかけた出久《いずく》に、メリッサが真剣《しんけん》な瞳《ひとみ》をむける。

「これを使《つか》って、困《こま》ってる人《ひと》たちを救《たす》けてあげられるステキなヒーローになってね」

「——はい！」

いろいろな思《おも》いのこめられた言葉《ことば》に、出久《いずく》ははっきりとうなずいた。

出久《いずく》の返事《へんじ》にメリッサが微笑《ほほえ》む。

ヒーローになる。困《こま》っている誰《だれ》かを救《たす》けるために。

この装置《そうち》は、メリッサというヒーローの心《こころ》の形《かたち》だ。

自然《しぜん》と微笑《ほほえ》みかえした出久《いずく》のスマホが鳴《な》りひびいたのはそのときだった。

思《おも》わずビクリと跳《は》ねながら、通話《つうわ》ボタンをタップする。

「も、もしもし……」

『何《なに》をしている緑谷《みどりや》くん！　集合時間《しゅうごうじかん》はとっくに過《す》ぎてるぞ。』

声《こえ》の主《ぬし》は飯田《いいだ》だった。

(も、もうそんな時間《じかん》!?)

時計《とけい》を確認《かくにん》して青《あお》ざめる。

すぐにむかうと告《つ》げてスマホを切《き》ってから、メリッサに謝罪《しゃざい》をして、出久《いずく》はあわてて研究室《けんきゅうしつ》を飛《と》びだした。


ホテルにもどり、バタバタと正装《せいそう》に着《き》がえるやいなや、待《ま》ちあわせ場所《ばしょ》へと駆《か》けだしていく。

「ごめん、遅《おそ》くなって！」

セントラルタワーの自動扉《じどうとびら》を抜《ぬ》けてすぐ、みんなの待《ま》つロビーに走《はし》りよる。

ゼイハアと肩《かた》で息《いき》をつきながら見《み》まわすと、正装《せいそう》している飯田《いいだ》と轟《とどろき》、それに上鳴《かみなり》と峰田《みねた》の姿《すがた》しか見《み》えない。上鳴《かみなり》と峰田《みねた》がジャケットを着《き》ていないのは、バイトの制服《せいふく》を正装風《せいそうふう》にアレンジしたからだろう。

「……って、アレ、ほかの人《ひと》は？」

「まだ来《き》ていない。まったく、団体行動《だんたいこうどう》をなんだと思《おも》ってるんだ！」

飯田《いいだ》が委員長《いいんちょう》らしく顔《かお》をしかめたそのとき、うしろからお茶子《ちゃこ》の声《こえ》が聞《き》こえた。

「ごめーん、遅刻《ちこく》してもーたあ！」

「「おお〜っ！」」

振《ふ》りむいた上鳴《かみなり》と峰田《みねた》が、にわかに色《いろ》めく。

遅《おく》れて振《ふ》りむいた出久《いずく》の顔《かお》も、ボッと赤《あか》く染《そ》まる。

男子《だんし》の正装《せいそう》はいわゆるスーツ姿《すがた》だが、女子《じょし》はドレスだということを忘《わす》れていた。

ピンクを基調《きちょう》にしたミニスカートのワンピースドレスを着《き》たお茶子《ちゃこ》は、いつもの制服《せいふく》やヒーローコスチュームとはまるで違《ちが》う雰囲気《ふんいき》だ。花《はな》とリボンの髪飾《かみかざ》りも女《おんな》の子《こ》らしくてかわいらしい。

「申《もう》し訳《わけ》ありません。耳郎《じろう》さんが……」

お茶子《ちゃこ》に少《すこ》し遅《おく》れてやってきた八百万《やおよろず》は、爽《さわ》やかなグリーンの清楚《せいそ》なロングドレスで、肩《かた》と背中《なか》がきれいに見《み》えている。さらに言《い》うなら、豊満《ほうまん》な胸《むね》のラインがはっきりとでている。結《ゆ》いあげた髪《かみ》にさしたティアラがきらきらと華《はな》やかだ。

「「イエスイエス！」」

両腕《りょううで》をぶんぶんと振《ふ》りあげて、上鳴《かみなり》と峰田《みねた》のテンションはダダあがりだ。

女子《じょし》の正装《せいそう》は見《み》なれているのか、涼《すず》しい顔《かお》をしている飯田《いいだ》や轟《とどろき》と反応《はんのう》が真逆《まぎゃく》すぎる。

「ううう、うち、こういうカッコは……その、なんてゆーか……」

そのうしろから、恥《は》ずかしそうにやってきた耳郎《じろう》も、いつものカジュアルさとはまるで違《ちが》っていた。ふわりと広《ひろ》がるひざ丈《たけ》のフレアスカートはローズピンクで、ウエストにはリボン。なんともかわいらしくしあがっている。

サイドをコサージュで飾《かざ》った髪形《かみがた》も、とても女《おんな》の子《こ》らしく似合《にあ》っていた。

上鳴《かみなり》と峰田《みねた》が感心《かんしん》したようにまじまじと見《み》る。

「馬子《まご》にも衣装《いしょう》ってヤツだな！」

「女《おんな》の殺《ころ》し屋《や》みてー」

「黙《だま》れ」

耳郎《じろう》のイヤホンジャックが、2人《ふたり》にぶつりと差《さ》しこまれた。

「なんだよ、俺《おれ》ほめたじゃんか！」

「ほめてない！」

ホテルのロビーで言《い》い争《あらそ》いをはじめた3人《にん》を、飯田《いいだ》と八百万《やおよろず》があわてて引《ひ》きはがしにかかる。

苦笑《くしょう》していると、お茶子《ちゃこ》が照《て》れ笑《わら》いを浮《う》かべながら出久《いずく》の隣《となり》にやってきた。

「正装《せいそう》なんて初《はじ》めてだ。八百万《やおよろず》さんに借《か》りたんだけど……」

はにかみながら出久《いずく》を見《み》る。

「に、似合《にあ》ってるよ。うん、すごく……！」

「デクくんたら、お世辞《せじ》なんか言《い》わんでいいって！」

いつもと違《ちが》う服装《ふくそう》で、少《すこ》し浮《う》かれた雰囲気《ふんいき》のメンバーのうしろから声《こえ》がした。

「デクくんたち、まだここにいたの？　パーティー、はじまってるわよ」

不思議《ふしぎ》そうな顔《かお》でこちらを見《み》ているのは、ドレスアップしたメリッサだ。

眼鏡《めがね》を外《はず》し、髪《かみ》を結《ゆ》いあげ、薄《うす》く化粧《けしょう》もして、グンと大人《おとな》っぽさが増《ま》して見《み》えた。

ネイビーと薄紫《うすむらさき》を基調《きちょう》としたノースリーブのひざ上《うえ》ドレスは、金色《きんいろ》の髪《かみ》がよく映《は》える。それに、スタイル抜群《ばつぐん》のメリッサの魅力《みりょく》を、あますところなく伝《つた》えている。

「「おお――!!!」」

今日《きょう》一番《ばん》の歓声《かんせい》をあげた峰田《みねた》と上鳴《かみなり》が、ヒソヒソと小声《こごえ》でささやきあう。

「真打《しんう》ち登場《とうじょう》だぜ！」

「やべーよ峰田《みねた》、俺《おれ》どうにかなっちまうよ、どうしよう」

「どーにでもなれ」

あきれた耳郎《じろう》の言葉《ことば》は、興奮《こうふん》した2人《ふたり》の耳《みみ》には届《とど》いていないに違《ちが》いない。

そんな2人《ふたり》をあきらめたのか、スマホを手《て》にした飯田《いいだ》が、難《むずか》しい顔《かお》で八百万《やおよろず》を見《み》た。

「ダメだ。爆豪《ばくごう》くん、切島《きりしま》くんのどちらの携帯《けいたい》にも応答《おうとう》がない」

そういえば、彼《かれ》らがまだ合流《ごうりゅう》していないことをようやく出久《いずく》も思《おも》いだす。

もう少《すこ》し待《ま》つか、それとも入《はい》るか……飯田《いいだ》の判断《はんだん》を待《ま》っているころ、当《とう》の2人《ふたり》は、実《じつ》はすでにセントラルタワーの中《なか》にいた。


「おい、本当《ほんとう》にこの道《みち》であってんのか？」

「多分《たぶん》、そうだと思《おも》うけど……」

誰《だれ》も通《とお》らない通路《つうろ》を肩《かた》をいからせて歩《ある》く爆豪《ばくごう》に、切島《きりしま》が自信《じしん》なげに答《こた》える。

「多分《たぶん》だあ？」

振《ふ》りむいた爆豪《ばくごう》の顔《かお》は、不満《ふまん》で凶悪《きょうあく》な表情《ひょうじょう》になっていた。

体育祭《たいいくさい》の優勝賞品《ゆうしょうしょうひん》のおまけだかなんだか知《し》らないが、本当《ほんとう》はこんなパーティーなどでる気《き》はなかったのだ。

知《し》らないやつの興味《きょうみ》のないスピーチをおとなしく聞《き》くなんてごめんだ。

だからスーツも持《も》ってこなかった。

それを見《み》こした切島《きりしま》が勝手《かって》に用意《ようい》していたせいで、しかたなく出席《しゅっせき》するはめになったというのに、全然会場《ぜんぜんかいじょう》にたどりつかない。

「いやあ、実《じつ》は携帯《けいたい》、部屋《へや》に忘《わす》れてきちゃってさ」

「あぁ!?」

それはつまり、ここがどこだかわからない。連絡《れんらく》もつかないということじゃないのか。

とげとげしい声《こえ》をだした爆豪《ばくごう》は、ようやくそのことに気《き》づきはじめた。


そのころ、オールマイトは時間《じかん》どおりにはじまったレセプションの開演《かいえん》の合図《あいず》を聞《き》きながら、出久《いずく》の姿《すがた》が見《み》えないことを不審《ふしん》に思《おも》っていた。

一瞬《いっしゅん》だけホテルで再会《さいかい》した際《さい》、合流《ごうりゅう》したクラスメイトたちと一緒《いっしょ》に来《く》ると言《い》っていたはずだが。

(道《みち》にでも迷《まよ》ったか?)

会場内《かいじょうない》には来賓《らいひん》や関係者《かんけいしゃ》、それに出久《いずく》の喜《よろこ》びそうなプロヒーローがたくさんいるというのに。

むかえに行《い》くと言《い》ってでていったメリッサももどっていないから、こちらにむかっている最中《さいちゅう》かもしれない。

と、ステージ上《じょう》で開会《かいかい》を宣言《せんげん》した司会者《しかいしゃ》が、にこやかに声《こえ》を張《は》りあげた。

「ご来場《らいじょう》の皆様《みなさま》、Ｉ《アイ》・エキスポのレセプション・パーティーにようこそおいでいただきました。乾杯《かんぱい》の音頭《おんど》とごあいさつは、来賓《らいひん》でお越《こ》しいただいたナンバー1《ワン》ヒーロー、オールマイトさんにお願《ねが》いしたいと思《おも》います。皆様《みなさま》、盛大《せいだい》なる拍手《はくしゅ》を！　オールマイトさん、どうぞステージへお越《こ》しください！」

突然《とつぜん》の指名《しめい》に、わっと歓声《かんせい》があがる。

来場者《らいじょうしゃ》の拍手《はくしゅ》が鳴《な》りひびく中《なか》、オールマイトは隣《となり》のデヴィットにそっと耳打《みみう》ちをした。

「聞《き》いてないぞ」

「オールマイトが来《く》ると知《し》ったらそうなるさ」

「やれやれ」

しれっとした顔《かお》でかえされ苦笑《くしょう》する。けれどこれもヒーローの役目《やくめ》だ。

お願《ねが》いされるままにステージにあがったオールマイトは、手《て》に持《も》っていたグラスをかかげた。

「ご紹介《しょうかい》にあずかりました、オールマイトです。かた苦《くる》しいあいさつは苦手《にがて》なので、乾杯《かんぱい》の音頭《おんど》だけを……」

その直後《ちょくご》、会場《かいじょう》に島内《とうない》アナウンスがひびいた。

『I《アイ》-アイランド管理《かんり》システムより、おしらせします。警備《けいび》システムが、I《アイ》-エキスポ会場内《かいじょうない》に爆発物《ばくはつぶつ》が仕掛《しか》けられたという確定情報《かくていじょうほう》を入手《にゅうしゅ》。I《アイ》-アイランドは現時刻《げんじこく》をもって厳戒《げんかい》モードに移《い》行《こう》します』

ざわめく来場者《らいじょうしゃ》の奥《おく》で、作動《さどう》した警備《けいび》システムが、つぎつぎにシャッターを閉《と》じていく。

『住民《じゅうみん》および観光《かんこう》でいらしている皆様《みなさま》、ただちに自分《じぶん》の部屋《へや》にもどり、決《けっ》して外《そと》にでないよう待《たい》機《き》してください』

タワー内《ない》だけではなく居住区《きょじゅうく》へも発《はっ》せられる警告《けいこく》が、あらかじめ録音設定《ろくおんせってい》されていた音声《おんせい》を無《む》機質《きしつ》に流《なが》していく。

その間《あいだ》に警備《けいび》マシンたちが、つぎつぎと館内《かんない》・島内《とうない》へとはなたれた。

『今《いま》から十分以降《ぷんいこう》の外出者《がいしゅつしゃ》は、警告《けいこく》なく身柄《みがら》を拘束《こうそく》します。また、主《おも》な施設《しせつ》は警備《けいび》システムによって強制的《きょうせいてき》に封鎖《ふうさ》します』

出久《いずく》たちのいるロビーにも、その警告《けいこく》アナウンスはひびいていた。

突然《とつぜん》の放送《ほうそう》にとまどいながらふと顔《かお》をあげた出久《いずく》の目《め》の前《まえ》で、つぎつぎと防火《ぼうか》シャッターがおりていく。

「入《い》り口《ぐち》が！」

無情《むじょう》にもおろされたシャッターによって、わけもわからないまま、出久《いずく》たちはセントラルタワーに閉《と》じこめられてしまったのだった。


状況《じょうきょう》がわからないのはレセプション会場《かいじょう》にいる来場者《らいじょうしゃ》たちも同《おな》じだ。

会場《かいじょう》の扉《とびら》が勢《いきお》いよく開《ひら》き、銃《じゅう》を持《も》って武装《ぶそう》した7人《にん》の男《おとこ》たちが乱入《らんにゅう》した。

主犯格《しゅはんかく》らしい敵《ヴィラン》が静《しず》かに宣言《せんげん》する。その左頬《ひだりほお》には大《おお》きな傷跡《きずあと》があった。

「聞《き》いたとおりだ。警備《けいび》システムは俺《おれ》たちが掌握《しょうあく》した。反抗《はんこう》しようなどと思《おも》うな。そんなことしたら、警備《けいび》マシンがこの島《しま》にいる善良《ぜんりょう》な人々《ひとびと》に牙《きば》をむくことになる。そう、人質《ひとじち》は……」

オールマイトは、敵《ヴィラン》たちの言《い》わんとしていることを察《さっ》して、奥歯《おくば》をぎりっと噛《か》みしめた。

おそらく、ヤツらのいう人質《ひとじち》とは――、

「この島《しま》にいるすべての人間《にんげん》だ」

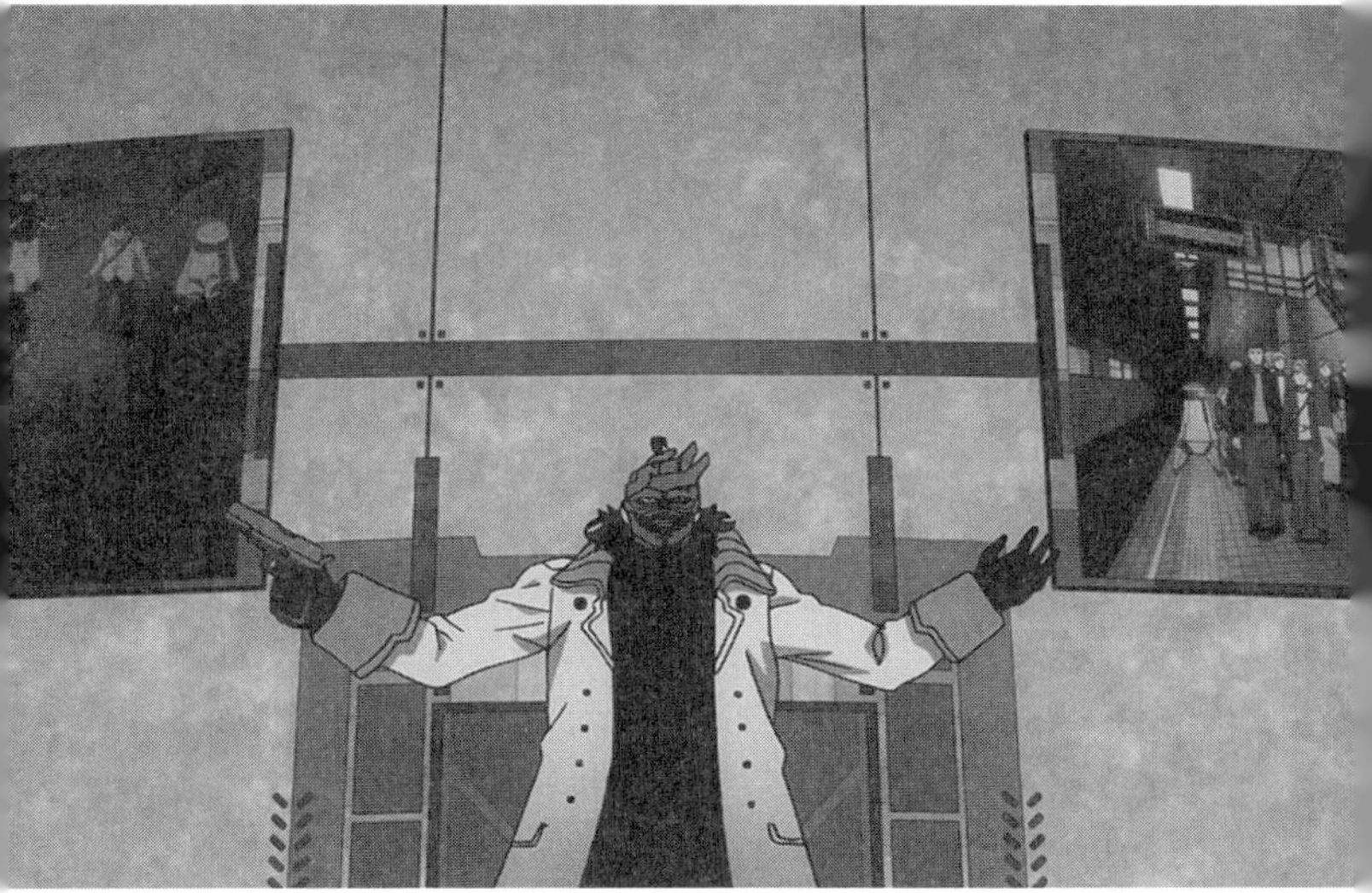

#04 捕《と》らわれの英雄《ヒーロー》たち

不敵《ふてき》に宣言《せんげん》したボス敵《ヴィラン》が、ざわめく来場者《らいじょうしゃ》に視線《しせん》をむける。

「そして、ここにいるお前《まえ》らも人質《ひとじち》となる！　――やれ」

装着《そうちゃく》したヘッドセットに短《みじか》く命《めい》じると、壁《かべ》の中《なか》から拘束器具《こうそくきぐ》があらわれた。

会場《かいじょう》で立《た》ちつくしている来場者《らいじょうしゃ》にむかって発射《はっしゃ》される。

「こ、これは!?」

「セキュリティ用《よう》のホバク装置《そうち》が！」

突然《とつぜん》のことに、なすすべもなく拘束《こうそく》されるプロヒーローたちに、科学者《かがくしゃ》がおどろいたように目《め》をみはった。

警備《けいび》システムを手《て》に入《い》れただけでは動《うご》かないはずの装置《そうち》だ。

それが作動《さどう》したということは、ほかに操作《そうさ》する犯人《はんにん》が入《はい》りこんでいるということになる。

「いかん！」

動《うご》きだしたオールマイトに、ボス敵《ヴィラン》がさっと銃《じゅう》をむけた。

「動《うご》くなよ、オールマイト……一歩《いっぽ》でも動《うご》けば、即座《そくざ》に住民《じゅうみん》どもを殺《ころ》すぞ」

「Ｓｈｉｔ《シット》（クソッ）」

人質《ひとじち》を取《と》られては、こちらから簡単《かんたん》に手《て》はだせない。

憎々《にくにく》しげにつぶやいたオールマイトも、おとなしく捕《と》らわれるしか道《みち》はなかった。

「いい子《こ》だ」

ほかのヒーローたちとともに縛《しば》りあげられたオールマイトに、ボス敵《ヴィラン》がニヤリと笑《わら》う。

オールマイトは会場《かいじょう》にいるデヴィットを見《み》た。

どうやら拘束《こうそく》されたのはヒーローだけで、攻撃力《こうげきりょく》のない来賓《らいひん》や科学者《かがくしゃ》たちは一《いっ》か所《しょ》に集《あつ》められただけらしい。

なんとかだし抜《ぬ》く方法《ほうほう》はないかと視線《しせん》の先《さき》に力《ちから》をこめるが、気《き》づいたデヴィットが小《ちい》さく首《くび》を横《よこ》に振《ふ》る。

『トシ、ここはヤツらにしたがうしかない』

『しかしデイヴ……』

『私《わたし》が必《かなら》ず救《たす》ける方法《ほうほう》を見《み》つける。それまでたえるんだ』

言葉《ことば》はなくとも、おたがい言《い》いたいことは伝《つた》わっている。

歯噛《はが》みするオールマイトに、デヴィットは落《お》ちつけとでもいうかのように肩《かた》をすくめてみせたのだった。


そのころ、会場内《かいじょうない》の様子《ようす》を知《し》るよしもない出久《いずく》たちは、防火《ぼうか》シャッターがおりて薄暗《うすぐら》くなったロビーに集《あつ》まり、状況《じょうきょう》の整理《せいり》をこころみていた。

自分《じぶん》の携帯《けいたい》を見《み》ていた轟《とどろき》が首《くび》を振《ふ》る。

「携帯《けいたい》も圏外《けんがい》になってる。情報関係《じょうほうかんけい》はすべて遮断《しゃだん》されたと考《かんが》えた方《ほう》がいいな」

エレベーターのスイッチを押《お》した耳郎《じろう》も、すぐにみんなのもとへともどって来《き》た。

「エレベーターも反応《はんのう》ないよ！」

「爆弾《ばくだん》が設置《せっち》されただけで、警備《けいび》システムが厳戒《げんかい》モードになるなんて……」

段階《だんかい》を踏《ふ》まない警戒域《けいかいいき》へのモード変更《へんこう》は、通常《つうじょう》では考《かんが》えられないことだ。

メリッサのつぶやきを聞《き》いた出久《いずく》は、すぐに決断《けつだん》をくだした。

「飯田《いいだ》くん、パーティー会場《かいじょう》に行《い》こう！」

「なぜだい？」

「会場《かいじょう》にはオールマイトが来《き》てるんだ」

「オールマイトが!?」

名前《なまえ》を聞《き》いただけで心《こころ》がパッと勇気《ゆうき》づけられるヒーローの存在《そんざい》に、お茶子《ちゃこ》が表情《ひょうじょう》をかがやかせる。

「なんだ、それなら心配《しんぱい》いらねーな」

峰田《みねた》もホッと息《いき》をつく。

けれどシャッターがしめきられている中《なか》、会場《かいじょう》に入《はい》る手段《しゅだん》がわからない。

「メリッサさん、どうにかパーティー会場《かいじょう》まで行《い》けませんか？」

「非常階段《ひじょうかいだん》を使《つか》えば、会場近《かいじょうちか》くに行《い》けると思《おも》うけど」

「案内《あんない》、お願《ねが》いします！」

うなずくメリッサに誘導《ゆうどう》されて、出久《いずく》たち一行《いっこう》はロビーから非常階段《ひじょうかいだん》へと走《はし》りだした。

一方《いっぽう》、レセプション会場《かいじょう》では、ボス敵《ヴィラン》が歩《ある》きまわりながら話《はな》していた。

「安心《あんしん》しろ。おとなしくしていれば危害《きがい》は加《くわ》えない。時間《じかん》が来《く》れば解放《かいほう》する準備《じゅんび》もある」

「貴様《きさま》らの目的《もくてき》はなんだ!?」

拘束《こうそく》されているプロヒーローの1人《ひとり》が、声《こえ》をあげる。

が、その途端《とたん》、ボス敵《ヴィラン》はようしゃなく蹴《け》りあげた。

「ぐはっ！」

「おとなしくしないなら危害《きがい》を加《くわ》える」

その一言《ひとこと》で、全員《ぜんいん》が押《お》しだまる。

シン、と静《しず》まりかえった場内《じょうない》で、再《ふた》びボス敵《ヴィラン》がヘッドセットにむかって声《こえ》をかける。

「……ああ、そうか、わかった」

通信《つうしん》を終《お》えたボス敵《ヴィラン》は、ゆっくりとおびえる人々《ひとびと》にむかって歩《ある》きだし、

「おまえ、ここの研究者《けんきゅうしゃ》だな」

「は、はい、そうです」

目《め》をつけたのは、小太《こぶと》りでいかにも小心者《しょうしんもの》そうにちぢこまっていた科学者《かがくしゃ》――デヴィットの助《じょ》手《しゅ》のサムだった。

「ついて来《こ》い」

「い、一体《いったい》、何《なに》を……！」

「やめろ！　彼《かれ》は私《わたし》の助手《じょしゅ》だ。どうするつもりだ!?」

むりやり腕《うで》を取《と》って立《た》たせられたサムに、デヴィットがあわてて駆《か》けよる。

すぐに銃口《じゅうこう》をむける手下《てした》の敵《ヴィラン》たちへ、ボス敵《ヴィラン》が片手《かたて》を振《ふ》ってやめさせた。

「デヴィット・シールドじゃねえか。お前《まえ》も来《こ》い」

「断《ことわ》ったら？」

「この島《しま》のどこかで誰《だれ》かの悲鳴《ひめい》がひびくことになる」

じっとにらみつけるデヴィットに、ボス敵《ヴィラン》はなんでもないことのように軽《かる》く言《い》った。

「……わかった……行《い》こう……」

部下《ぶか》の敵《ヴィラン》が乱暴《らんぼう》に銃口《じゅうこう》をつきつける。

足《あし》をもつれさせるようにして、先頭《せんとう》を歩《ある》かされるサムと親友《しんゆう》のうしろ姿《すがた》を、オールマイトは見《み》つめることしかできない。

(敵《ヴィラン》をすべて倒《たお》し、警備《けいび》システムをもとにもどす……それができるか？　しかもこの体《からだ》で……)

マッスルフォームの姿《すがた》でいられる時間《じかん》は、あとどれだけ残《のこ》っているのか。けれど——

(いいや、やらねばならん。私《わたし》は、平和《へいわ》の象徴《しょうちょう》なのだから……！)

オールマイトがムキッと筋肉《きんにく》を盛《も》りあがらせたその瞬間《しゅんかん》、会場《かいじょう》の上階《じょうかい》に見《み》える吹《ふ》き抜《ぬ》けとなった階段部分《かいだんぶぶん》から合図《あいず》を送《おく》る出久《いずく》の姿《すがた》が視界《しかい》に映《うつ》った。

(み、緑谷少年《みどりやしょうねん》！)

大《おお》きく目《め》を見《み》ひらくオールマイトの様子《ようす》に、通路《つうろ》にいる出久《いずく》は耳郎《じろう》を見《み》た。彼女《かのじょ》の耳《みみ》たぶから伸《の》びた長《なが》いコードは、先端《せんたん》のプラグがレセプション会場《かいじょう》にしっかりと差《さ》しこまれている。これで会場《かいじょう》の中《なか》の会話《かいわ》は、すべて彼女《かのじょ》に聞《き》こえるはずだ。

「オールマイトが気《き》づいた。耳郎《じろう》さん、イケそう？」

指《ゆび》でOK《オーケー》をだす耳郎《じろう》にうなずいて、出久《いずく》はオールマイトを見《み》た。

手《て》を口《くち》に当《あ》て、メガホンのようにしてみせる。「しゃべって」という合図《あいず》だ。

それから耳《みみ》に手《て》を持《も》ちあげて、「聞《き》いてる」というポーズを作《つく》る。

そのジェスチャーを見《み》たオールマイトは、出久《いずく》の意図《いと》を察《さっ》して小声《こごえ》でしゃべりはじめた。

「聞《き》こえるか。敵《ヴィラン》がタワーを占拠《せんきょ》、I《アイ》・アイランド全体《ぜんたい》の警備《けいび》システムが掌握《しょうあく》され、この島《しま》にいる人々《ひとびと》全員《ぜんいん》を人質《ひとじち》に取《と》られた。ヒーローたちも全員《ぜんいん》捕《と》らわれている。危険《きけん》だ。すぐにここから逃《に》げなさい」

状況《じょうきょう》を聞《き》いた耳郎《じろう》は、イヤホンジャックをもどしながら、真剣《しんけん》な表情《ひょうじょう》で振《ふ》りかえった。

「大変《たいへん》だよ緑谷《みどりや》」

状況《じょうきょう》は、思《おも》った以上《いじょう》にとんでもないことになっていたらしい。

上階《じょうかい》のガラスから通路《つうろ》の中《なか》にもどった出久《いずく》たちは、今後《こんご》の出方《でかた》を話《はな》しあうことにした。

まずは飯田《いいだ》が小《ちい》さく手《て》をあげて発言《はつげん》する。

「オールマイトからのメッセージは受《う》けとった。俺《おれ》は、雄英高校教師《ゆうえいこうこうきょうし》であるオールマイトの言葉《ことば》にしたがい、ここから脱出《だっしゅつ》することを提案《ていあん》する」

「飯田《いいだ》さんの意見《いけん》に賛同《さんどう》しますわ。私《わたし》たちはまだ学生《がくせい》……ヒーロー免許《めんきょ》もないのに、敵《ヴィラン》と戦《たたか》うわけには……」

「じゃあ逃《に》げるか。USJ《ユーエスジェー》のときみたいに、プロヒーローに救《たす》けを求《もと》めればいいんじゃね？」

以前《いぜん》、ウソの災害《さいがい》や事故《じこ》ルーム、略《りゃく》して「USJ《ユーエスジェー》」での訓練中《くんれんちゅう》に、敵《ヴィラン》におそわれた記憶《きおく》は新《あたら》しい。

同意《どうい》する八百万《やおよろず》に、上鳴《かみなり》もつづける。けれどメリッサが難《むずか》しい顔《かお》で首《くび》を横《よこ》に振《ふ》った。

「脱出《だっしゅつ》は困難《こんなん》だと思《おも》う。セントラルタワーは敵犯罪者《ヴィランはんざいしゃ》を収容《しゅうよう》するタルタロスと同《どう》レベルの防災設《ぼうさいせっ》計《けい》で建《た》てられてるから」

「じゃあ、救《たす》けが来《く》るまでおとなしく待《ま》つか」

落《お》ちこむ上鳴《かみなり》を、耳郎《じろう》がはげますように聞《き》く。

「上鳴《かみなり》、それでいいわけ？」

「どういう意味《いみ》だよ？」

「救《たす》けに行《い》こうとか思《おも》わないの？」

それにすかさず反論《はんろん》したのは峰田《みねた》だ。

「オールマイトまで敵《ヴィラン》に捕《つか》まってんだぞ！　オイラたちだけで救《たす》けに行《い》くなんて無理《むり》すぎだっての！」

それは確《たし》かに真理《しんり》かもしれない。けれど、それまで黙《だま》っていた轟《とどろき》がポツリと言《い》った。

「俺《おれ》らはヒーローを目指《めざ》してる……」

「ですから、私《わたし》たちはまだヒーロー活動《かつどう》を……」

「だからって何《なに》もしないでいいのか？」

「そ、それは……」

それもまた真《ま》っ当《とう》な意見《いけん》でもある。

落《お》ちたみんなの沈黙《ちんもく》の中《なか》、出久《いずく》がぽそりとつぶやいた。

「救《たす》けたい」

「デクくん？」

「救《たす》けに行《い》きたい」

それは今《いま》の出久《いずく》の、まちがいなく正直《しょうじき》な気持《きも》ちだ。

「まさか敵《ヴィラン》と戦《たたか》う気《き》か!? USJ《ユーエスジェー》でこりてないのかよ、緑谷《みどりや》！」

初《はじ》めての敵《ヴィラン》との戦闘《せんとう》は、戸惑《とまど》いと恐怖《きょうふ》に満《み》ちていた。

敵《ヴィラン》の〝個性《こせい》〟もわからず、仲間《なかま》も自分《じぶん》も守《まも》れないかもしれないという、すぐそこにある死《し》の恐怖《きょうふ》。

みんな本当《ほんとう》にギリギリだった。だけど、

「違《ちが》うよ峰田《みねた》くん。僕《ぼく》は考《かんが》えてるんだ。敵《ヴィラン》と戦《たたか》わずに、オールマイトを、みんなを救《たす》ける方法《ほうほう》を……」

無謀《むぼう》なことを言《い》っているのはわかっている。

「それでも探《さが》したいんだ。今《いま》の僕《ぼく》たちにできる最善《さいぜん》の方法《ほうほう》を探《さが》して、みんなを救《たす》けに行《い》きたい」

救《すく》いたいという気持《きも》ちは絶対《ぜったい》みんな同《おな》じなはずだ。けれど、そのための方法《ほうほう》がまだ思《おも》いつかない。

再《ふたた》び落《お》ちてしまった沈黙《ちんもく》の中《なか》、何《なに》かひらめいたメリッサが顔《かお》をあげた。

「……I《アイ》・アイランドの警備《けいび》システムは、このタワーの最上階《さいじょうかい》にあるわ。敵《ヴィラン》がシステムを掌握《しょうあく》しているなら、認証《にんしょう》プロテクトやパスワードは解除《かいじょ》されてるはず。私《わたし》たちにもシステムの再変更《さいへんこう》ができる。敵《ヴィラン》の監視《かんし》を逃《のが》れ、最上階《さいじょうかい》まで行《い》くことができれば……みんなを、救《たす》けられるかもしれない」

希望《きぼう》の光《ひかり》が差《さ》しこんだ。

すかさず耳郎《じろう》が方法《ほうほう》を聞《き》く。

「監視《かんし》を逃《のが》れるって、どうやって？」

「現時点《げんじてん》で私《わたし》たちに実害《じつがい》はないわ。敵《ヴィラン》たちは警備《けいび》システムのあつかいには慣《な》れていないと思《おも》う」

「戦《たたか》いを回避《かいひ》してシステムをもとにもどすか、なるほど」

「そんならイケんじゃね？」

轟《とどろき》がうなずき、上鳴《かみなり》が明《あか》るい声《こえ》をだす。

「しかし、最上階《さいじょうかい》には敵《ヴィラン》が待《ま》ちかまえてますのよ」

「戦《たたか》う必要《ひつよう》はないんだ。システムをもとにもどせば、人質《ひとじち》やオールマイトたちが解放《かいほう》される。そうなれば状況《じょうきょう》は一気《いっき》に逆転《ぎゃくてん》するはず……」

現状《げんじょう》オールマイトたちがおとなしく拘束《こうそく》されているのは、住民《じゅうみん》が人質《ひとじち》に取《と》られてしまっているからだ。その条件《じょうけん》がなくなりさえすればいい。可能性《かのうせい》が見《み》えてきた。

「デクくん、行《い》こう！　私《わたし》たちにできることがあるのに、何《なに》もしないでいるのはイヤだ。そんなの、ヒーローになるならない以前《いぜん》の問題《もんだい》だと思《おも》う」

お茶子《ちゃこ》の言葉《ことば》に出久《いずく》も大《おお》きくうなずく。

「うん、困《こま》っている人《ひと》たちを救《たす》けよう。人《ひと》として当《あ》たり前《まえ》のことをしよう」

「おう！」

力強《ちからづよ》く笑《わら》うお茶子《ちゃこ》に、出久《いずく》も笑《わら》いかえす。

「緑谷《みどりや》、俺《おれ》も行《い》くぜ」

「うちも」

轟《とどろき》と耳郎《じろう》も声《こえ》をあげる。

少《すこ》し考《かんが》えていた飯田《いいだ》が、一歩前《いっぽまえ》にでた。

「これ以上《いじょう》、無理《むり》だと判断《はんだん》したら引《ひ》きかえす……その条件《じょうけん》が飲《の》めるなら、俺《おれ》も行《い》こう」

「そういうことであれば、私《わたし》も」

八百万《やおよろず》も同意《どうい》する。

「よっしゃ俺《おれ》も！」

ひょいっと手《て》をあげた上鳴《かみなり》につづき、峰田《みねた》がプンスカと怒《いか》り泣《な》きしながらさけぶ。

「あーもーわかったよ、行《い》けばいいんだろ行《い》けば！」

これで、ここにいる雄英生《ゆうえいせい》の全員参加《ぜんいんさんか》が決定《けってい》した。

視線《しせん》を交《か》わしあいうなずいて、出久《いずく》はメリッサに顔《かお》をむける。

「メリッサさんは、ここで待《ま》っていてください」

「私《わたし》も行《い》くわ」

「でも、メリッサさんには」

〝個性《こせい》〟がないことを心配《しんぱい》する出久《いずく》に、メリッサは不敵《ふてき》な笑顔《えがお》で全員《ぜんいん》を見《み》まわした。

「この中《なか》に警備《けいび》システムの設定変更《せっていへんこう》ができる人《ひと》いる？」

こたえは、いわずもがな。ノー、だ。

「私《わたし》はアカデミーの学生《がくせい》、役《やく》に立《た》てると思《おも》う……最上階《さいじょうかい》に行《い》くまでは、足手《あしで》まといにしかならないけど……」

それはとても危険《きけん》なことに変《か》わりはない。

「私《わたし》にもみんなを守《まも》らせて……お願《ねが》い……」

真剣《しんけん》な表情《ひょうじょう》でそう言《い》うメリッサの気持《きも》ちを、出久《いずく》は知《し》っている。

〝個性《こせい》〟がなくても、みんなを守《まも》る。

出久《いずく》たちとは違《ちが》う方法《ほうほう》で、守《まも》れる力《ちから》と覚悟《かくご》が、彼女《かのじょ》にはある。

「わかりました。行《い》きましょう、みんなを救《たす》けに！」

「ええ！」

そうして、全員《ぜんいん》の意見《いけん》が一致《いっち》した。


生徒《せいと》たちがうまく脱出《だっしゅつ》できるといい。

レセプション会場《かいじょう》で拘束《こうそく》されながらそう思《おも》っていたオールマイトは、再《ふたた》び上階《じょうかい》の階段《かいだん》に姿《すがた》をあらわした出久《いずく》に、目《め》をみはった。

（緑谷少年《みどりやしょうねん》！）

オールマイトを見《み》つめる出久《いずく》が、力強《ちからづよ》くうなずく。

（その目《め》は……まさか……ダメだ、逃《に》げるんだ。危険《きけん》すぎる！）

けれどその目《め》からゆるぎない決意《けつい》を伝《つた》えてきた。

（いいえ、逃《に》げません。できる限《かぎ》りのことをやりたいんです！）

（緑谷少年《みどりやしょうねん》！）

（必《かなら》ず救《たす》けます！）

まなざしから伝《つた》わる強《つよ》い決意《けつい》を残《のこ》して、出久《いずく》が去《さ》っていく。

その背中《せなか》を見《み》おくりながら、オールマイトは心《こころ》の中《なか》で、どこかこうなることを納得《なっとく》している自《じ》分《ぶん》を感《かん》じていた。

（やはり、行《い》くか。……教師《きょうし》としてその行為《こうい》をとがめなければならないのはわかっている……が、しかし……）

考《かんが》えるより先《さき》に、体《からだ》が動《うご》く。

（ここで動《うご》かなきゃヒーローじゃないよな！）

それが、もっとも重要《じゅうよう》な資質《ししつ》なのだから。

（ならば、私《わたし》は待《ま》とう！　君《きみ》たちがこの状況《じょうきょう》を打開《だかい》することを信《しん》じて！）

オールマイトは、心《こころ》の中《なか》でデクたちに力強《ちからづよ》くよびかける。

（頼《たの》むぞ、有精卵《ゆうせいらん》ども！）

#05 駆《か》けあがれ、ヒーロー予《よ》備《び》軍《ぐん》

レセプション会場《かいじょう》をあとにした出久《いずく》たちは、非常階段《ひじょうかいだん》を使《つか》って最上階《さいじょうかい》を目指《めざ》すことにした。

一〇階《かい》、二〇階《かい》とプレートのかかった階段《かいだん》の踊《おど》り場《ば》を駆《か》けていく。

「メリッサさん、最上階《さいじょうかい》は？」

「二〇〇階《かい》よ」

「マヂか」

「そんなにのぼるのかよ!?」

息《いき》を切《き》らしてこたえるメリッサに、上鳴《かみなり》が天《てん》をあおぎ、峰田《みねた》が絶望《ぜつぼう》の声《こえ》をあげる。

「敵《ヴィラン》と出《で》くわすよりマシですわ」

そうして再《ふたた》び走《はし》りだし、五〇階《かい》のプレートを駆《か》けぬけたころ、疲《つか》れのせいで遅《おく》れはじめたメリッサに、お茶子《ちゃこ》が声《こえ》をかけた。

「メリッサさん、私《わたし》の〝個性《こせい》〟使《つか》って浮《う》かそうか？　楽《らく》ちんになるよ」

「ありがとう。でも、大丈夫《だいじょうぶ》。その力《ちから》は、いざというときに取《と》っておいて」

そうして、六〇階《かい》、七〇階《かい》のプレートを通過《つうか》。ようやく八〇階《かい》のフロアに到着《とうちゃく》して、出久《いずく》たちは、上《うえ》の階段《かいだん》へとつづくフロアをへだてる壁《かべ》がおりていることに気《き》がついた。

「シャッターが！」

「どうする？　壊《こわ》すか？」

轟《とどろき》の言葉《ことば》に、メリッサがあわてて止《と》める。

「そんなことをしたら警備《けいび》システムが反応《はんのう》して、敵《ヴィラン》に気《き》づかれるわ」

「なら、こっちから行《い》けばいいんじゃねーの？」

言《い》うなり、峰田《みねた》が扉《とびら》のノブに手《て》をかけた。

「ダメ、無闇《むやみ》に扉《とびら》を開《あ》けたら――！」

制止《せいし》の声《こえ》も間《ま》にあわず、峰田《みねた》が扉《とびら》を開《あ》ける。

警備《けいび》システムを掌握《しょうあく》されている状態《じょうたい》でそんなことをすれば、敵側《ヴィランがわ》に見《み》つかってしまった可能性《かのうせい》が高《たか》い。あせるメリッサとは逆《ぎゃく》に、ことの重大《じゅうだい》さがわかっていない峰田《みねた》はきょとんとしている。

「ほかに上《うえ》に行《い》く方法《ほうほう》は？」

「反対側《はんたいがわ》に同《おな》じ構造《こうぞう》の非常階段《ひじょうかいだん》があるわ」

状況《じょうきょう》を把握《はあく》した轟《とどろき》の質問《しつもん》に、メリッサはすぐにこたえた。

「急《いそ》ぐぞ！」

それを受《う》け指示《しじ》をだした飯田《いいだ》の言葉《ことば》が終《お》わる前《まえ》に、つぎつぎとシャッターがおりはじめる。

「シャッターが閉《し》まってく！」

「うしろもですわ！」

高速《こうそく》エレベーターで一足先《ひとあしさき》に警備室《けいびしつ》へと到着《とうちゃく》していた敵《ヴィラン》が、デヴィットとサムを使《つか》い、作動《さどう》させたのだ。メリッサの予感《よかん》は当《あ》たってしまった。

さらに、ボス敵《ヴィラン》からの指示《しじ》により、２人《ふたり》の敵《ヴィラン》が出久《いずく》たちのいる八〇階《かい》へとむかっていた。

「轟《とどろき》くん！」

「ああ」

とざされていく退路《たいろ》をきりひらくため、飯田《いいだ》が轟《とどろき》を見《み》た。

轟《とどろき》の〝個性《こせい》〟は『半冷半燃《はんれいはんねん》』、飯田《いいだ》は『エンジン』。

飯田《いいだ》の呼《よ》びかけに応《おう》じ、轟《とどろき》が右足《みぎあし》を踏《ふ》みしめ、凍結《とうけつ》で閉《と》じかけたシャッターを凍《こお》らせる。そこへすばやくふくらはぎのエンジンを吹《ふ》かせた飯田《いいだ》がシャッターのすき間《ま》から入《はい》りこみ、中《なか》へとつづくドアを蹴《け》やぶった。

「この中《なか》をつっきろう！」

ふっ飛《と》んだ扉《とびら》を抜《ぬ》け、室内《しつない》に駆《か》けこんだ出久《いずく》たちの目《め》に、照明《しょうめい》の光《ひかり》によってとんでもなく明《あか》るい室内《しつない》が飛《と》びこんできた。

ゆうに三フロア分《ぶん》くらいありそうな広《ひろ》さの部屋《へや》の中《なか》には、さまざまな種類《しゅるい》の植物《しょくぶつ》がある。まるで植物園《しょくぶつえん》のようだ。

「こ、ここは!?」

「この階《かい》は植物《しょくぶつ》プラントよ。〝個性《こせい》〟の影響《えいきょう》を受《う》けた植物《しょくぶつ》が、どのように成長《せいちょう》するかを……」

「見《み》て！」

メリッサの説明《せつめい》を途中《とちゅう》でさえぎりさけぶ耳郎《じろう》に、全員《ぜんいん》が目《め》をむけた。

指《ゆび》さしているのは、施設《しせつ》の中央《ちゅうおう》にある高速《こうそく》エレベーター。

その階数表示《かいすうひょうじ》が、ゆっくりと動《うご》いているではないか。

「敵《ヴィラン》が追《お》ってきたんじゃ……」

あわわ、と峰田《みねた》がふるえた声《こえ》をだす。出久《いずく》は、シッと人差《ひとさ》し指《ゆび》を唇《くちびる》に当《あ》てた。

「隠《かく》れよう、やり過《す》ごすんだ」

大《おお》きな木《き》の陰《かげ》にかくれ、様子《ようす》をうかがう出久《いずく》たちの前《まえ》で、エレベーターが到着《とうちゃく》した。頑丈《がんじょう》な扉《とびら》が開《ひら》き、中《なか》から会場《かいじょう》にいた敵《ヴィラン》が2人《ふたり》、あらわれる。

1人《ひとり》はひょろりとして背《せ》が高《たか》く、やたらと腕《うで》の長《なが》いカマキリに似《に》た男《おとこ》で、もう1人《ひとり》は小太《こぶと》りで小《ちい》さく、表情《ひょうじょう》はあまり動《うご》かない。

「ガキどもはこの中《なか》にいるらしい」

「しかたねえ。探《さが》すか」

面倒臭《めんどうくさ》そうに言《い》いながら歩《ある》きはじめる敵《ヴィラン》たちの様子《ようす》をうかがいつつ、上鳴《かみなり》が小声《こごえ》でつぶやく。

「あのエレベーター使《つか》って、最上階《さいじょうかい》まで行《い》けねーかな」

「無理《むり》よ。エレベーターは認証《にんしょう》を受《う》けてる人《ひと》しか操作《そうさ》できないし、シェルター並《な》みに頑丈《がんじょう》に作《つく》られてるから破壊《はかい》もできない」

メリッサに首《くび》を振《ふ》られ、峰田《みねた》がギィッと奥歯《おくば》を噛《か》む。

「使《つか》わせろよ、文明《ぶんめい》の利器《りき》……！」

「静《しず》かに」

「こっちに来《く》る！」

木《き》の陰《かげ》に身《み》を隠《かく》す出久《いずく》たちは、心《こころ》の中《なか》で「来《く》るな」と念《ねん》じる。

「見《み》つけたぞ、クソガキども！」

やはり見《み》つかったか……と、出久《いずく》たちは観念《かんねん》してでていきかけて——

「ああ、なんつった今《いま》お前《まえ》ら！」

聞《き》こえてきたのは、ここにはいないはずの人物《じんぶつ》の声《こえ》。

出久《いずく》は思《おも》わず木《き》の陰《かげ》から顔《かお》をだした。

(かっちゃん!?　なんで!?)

敵《ヴィラン》たちとむきあっていたのは、正装《せいそう》した爆豪《ばくごう》と切島《きりしま》だ。

「おい、ガキども。お前《まえ》らなんでここにいる？」

出久《いずく》たちもそこは敵《ヴィラン》と同《おな》じ意見《いけん》だ。

聞《き》かれた爆豪《ばくごう》は不機嫌《ふきげん》全開《ぜんかい》で「あぁ？」と敵《ヴィラン》にすごみをきかせた。

「そんなの俺《おれ》が聞《き》きてえぐらい――」

「ここは俺《おれ》にまかせろ」

一歩《いっぽ》踏《ふ》みだそうとした爆豪《ばくごう》を制止《せいし》し、切島《きりしま》は敵《ヴィラン》にむかってもみ手《て》をしてみせる。

「……あのう、俺《おれ》ら、道《みち》に迷《まよ》ってしまって……レセプション会場《かいじょう》ってどこに行《い》けば……」

その言葉《ことば》に、敵《ヴィラン》よりも出久《いずく》たちがあぜんとしてしまった。

「あいつら、道《みち》に迷《まよ》ってなんで八〇階《かい》まで来《く》るんだよ」

峰田《みねた》の意見《いけん》には、全員《ぜんいん》うなずいていた。

一瞬《いっしゅん》ぼうっとしていた敵《ヴィラン》たちが怒《おこ》りはじめる。

「道《みち》に迷《まよ》うとか、みえすいたウソをついてんじゃねえぞ!!」

爆豪《ばくごう》と切島《きりしま》にむかって、カマキリ似《に》の敵《ヴィラン》が水《みず》かきのついた手《て》を大《おお》きくひろげ、〝個性《こせい》〟を使《つか》おうとする。

同時《どうじ》に、轟《とどろき》が飛《と》びだし、氷《こおり》の壁《かべ》を作《つく》りあげた。

〝個性《こせい》〟と〝個性《こせい》〟がぶつかりあう。

「この〝個性《こせい》〟は！」

「轟《とどろき》か！」

理解《りかい》は爆豪《ばくごう》と切島《きりしま》が先《さき》だった。

轟《とどろき》が木《き》の陰《かげ》にいる出久《いずく》たちにむかってさけぶ。

「俺《おれ》たちで時間《じかん》をかせぐ。その間《あいだ》に、お前《まえ》らは上《うえ》へ行《い》く道《みち》を探《さが》せ！」

「轟《とどろき》くん！」

「君《きみ》は！」

「いいから行《い》け！」

さけんだ轟《とどろき》が、出久《いずく》たちに右手《みぎて》をむけた。

勢《いきお》いよく形成《けいせい》された氷壁《ひょうへき》が盛《も》りあがり、出久《いずく》たちをフロアの最上部《さいじょうぶ》へと押《お》しあげていく。

「ここを片《かた》づけたらすぐに追《お》いかける！」

最大《さいだい》に盛《も》りあがった氷壁《ひょうへき》から、プラントの最上部《さいじょうぶ》につながる通路《つうろ》へとおりたった出久《いずく》たちを見《み》て、爆豪《ばくごう》と切島《きりしま》は、わけがわからないとばかりに眉《まゆ》をよせた。

「みんなもここに……どういうことだよ轟《とどろき》？」

「放送聞《ほうそうき》いてないのか？　このタワーが敵《ヴィラン》に占拠《せんきょ》された」

「んだと!?」

どういう迷《まよ》い方《かた》をしたら、一階《いっかい》ロビーの待《ま》ちあわせで八〇階《かい》に来《き》てしまうのか、とか、あれだけひびいた全体放送《ぜんたいほうそう》をどうやったら聞《き》きのがせるのか、とか、言《い》いたいことは山《やま》ほどある。

……けれど、まずは脱出《だっしゅつ》が先《さき》だ。

「くわしい説明《せつめい》は後《あと》だ。今《いま》は、敵《ヴィラン》をこのまま閉《と》じこめて……」

言《い》いかけた轟《とどろき》の氷壁《ひょうへき》に、つぎつぎと大《おお》きな穴《あな》があけられた。

「!?」

きずいていた氷壁《ひょうへき》がこなごなに砕《くだ》ける中《なか》からでてきた小太《こぶと》りの敵《ヴィラン》は、全身《ぜんしん》の筋肉《きんにく》を不自然《ふしぜん》なほど強化《きょうか》させていた。

轟《とどろき》が再度《さいど》、氷結《ひょうけつ》をくりだして攻撃《こうげき》する。

しかし、その強化《きょうか》されたパワーときびんさで、敵《ヴィラン》は氷《こおり》をことごとく破壊《はかい》して、突進《とっしん》してきた。

爆豪《ばくごう》はジャンプでその敵《ヴィラン》をよけながらも、爆破《ばくは》で攻撃《こうげき》をしかける。が、敵《ヴィラン》はダメージを受《う》けることなくパンチをくりだした。

「あぶねぇ！」

とっさに爆豪《ばくごう》をつきとばした切島《きりしま》が、かわりに攻撃《こうげき》を受《う》け、壁《かべ》にめりこみ動《うご》けなくなる。

「切島《きりしま》っ！」

思《おも》わず駆《か》けだしそうになった爆豪《ばくごう》をカマキリ顔《がお》の敵《ヴィラン》が狙《ねら》う。

それに気《き》づいた轟《とどろき》が爆豪《ばくごう》を引《ひ》きとめ、次《つぎ》の攻撃《こうげき》にそなえるため、背中《せなか》をあわせて敵《ヴィラン》と対峙《たいじ》した。

「お前《まえ》ら、ただのガキじゃねーな？」

全身《ぜんしん》を強化《きょうか》させている敵《ヴィラン》が、２人《ふたり》をにらみつけた。

「何者《なにもの》だ!?」

「こたえるか、このクソ敵《ヴィラン》が！」

「名乗《なの》るほどの者《もの》じゃねえ」

対照的《たいしょうてき》ではあるが、同《おな》じこたえをかえすと同時《どうじ》に、２人《ふたり》と敵《ヴィラン》たちとの戦《たたか》いが幕《まく》を開《あ》けた。

プラント上部《じょうぶ》へと押《お》しあげられた出久《いずく》たちは、そのまま近《ちか》くの扉《とびら》を壊《こわ》して通路《つうろ》にでた。

しかし、その通路《つうろ》も前後《ぜんご》ともシャッターが閉《し》まっている。

「クッ、こっちもダメか……」

「おいおいどーすんだよ、オイラたち完全《かんぜん》に袋《ふくろ》のねずみじゃねーか！」

「ここまでかよ」

上鳴《かみなり》たちがくやしげに拳《こぶし》を握《にぎ》る。

ふと顔《かお》をあげた出久《いずく》は、天井《てんじょう》に設置《せっち》されている日照《にっしょう》システムを見《み》て、ある可能性《かのうせい》をみいだした。

そこをじっと見《み》つめたまま、メリッサに呼《よ》びかける。

「メリッサさん、あの天井《てんじょう》、扉《とびら》みたいなものが見《み》えませんか？」

「え？　……ああ、あれは日照《にっしょう》システムのメンテナンス・ルームで……」

メリッサが、ハッとした顔《かお》になる。

「あそこには非常用《ひじょうよう》のハシゴがあるわ。でも手動《しゅどう》だから、中《なか》からしか開《あ》けることはできないの！」

植物《しょくぶつ》プラントは天井《てんじょう》が高《たか》い。ほかにまわりたくてもシャッターが邪魔《じゃま》をして上《うえ》に駆《か》けていく手《しゅ》段《だん》が見《み》つからない。

意気消沈《いきしょうちん》する耳郎《じろう》の横《よこ》で、八百万《やおよろず》がパーティードレスで大胆《だいたん》に開《ひら》いた胸元《むなもと》へそっと手《て》をやった。

八百万《やおよろず》の〝個性《こせい》〟は『創造《そうぞう》』。あらゆる物《もの》を自分《じぶん》の体内《たいない》で創《つく》りだし、取《と》りだすことができる力《ちから》だ。その彼女《かのじょ》の手《て》に、創造《そうぞう》した小型爆弾《こがたばくだん》があらわれる。

「まだ可能性《かのうせい》はありますわ」

通風口《つうふうこう》に向《む》け、八百万《やおよろず》が思《おも》い切《き》り投《な》げる！

バゴォン……！

控《ひか》えめな爆発音《ばくはつおん》をひびかせて、小型爆弾《こがたばくだん》はねらい通《どお》り、通風口《つうふうこう》で爆発《ばくはつ》した。

「あの通風口《つうふうこう》の隙間《すきま》から外《そと》にでて、外壁《がいへき》を伝《つた》って上《うえ》の階《かい》に行《い》ければ……」

「え？」

八百万《やおよろず》の提案《ていあん》に、峰田《みねた》が小《ちい》さく声《こえ》をあげた。

出久《いずく》が感心《かんしん》したようにうなずく。

「狭《せま》い通風口《つうふうこう》に入《はい》れて、外壁《がいへき》を伝《つた》っていける〝個性《こせい》〟の持《も》ち主《ぬし》といえば……」

「え？　え？」

小柄《こがら》で、壁《かべ》をのぼれる〝個性《こせい》〟——。

全員《ぜんいん》の視線《しせん》が峰田《みねた》に集《あつ》まる。

峰田《みねた》の〝個性《こせい》〟は『もぎもぎ』。頭《あたま》から無尽蔵《むじんぞう》にもぎとれる球体《きゅうたい》は、強《つよ》い粘着力《ねんちゃくりょく》を発揮《はっき》して、どこでもしっかりくっつくが、峰田自身《みねたじしん》につくことはない。

となれば、こたえは一《ひと》つ。

「もしかしてオイラか!? バカバカバカ、ここ何階《なんかい》だと思《おも》ってんだよ！」

「お願《ねが》い、峰田《みねた》くん！」

「あんたにしかできないんだよ！」

「みんなを救《たす》けたら、インタビューされたりして女《おんな》の子《こ》に大人気《だいにんき》まちがいなしだぞ！」

お茶子《ちゃこ》に耳郎《じろう》、それに上鳴《かみなり》がやんややんやとはやしたてる。

さらに耳元《みみもと》で「ハーレムハーレム」と上鳴《かみなり》にささやかれると、

「わーったよ。行《い》けばいいんだろ、行《い》けば！」

峰田《みねた》は号泣《ごうきゅう》しながら引《ひ》きうけた。


「ハーレムハーレム！」

峰田《みねた》は、誰《だれ》もがおどろくほどのスピードで目《め》を血走《ちば》らせながら、頭《あたま》のもぎもぎボールを使《つか》いビルの外壁《がいへき》をするするとのぼっていく。

地上《ちじょう》一〇〇メートル以上《いじょう》の高《たか》さに途中《とちゅう》ビビリながらも、美女《びじょ》がほめてくれることを思《おも》いうかべて、一所懸命《いっしょけんめい》のぼる。

「ハーレムハーレムハーレムハーレムハーレム……！」

最後《さいご》のもぎもぎボールをむんずとつかみ、峰田《みねた》はついに八四階《かい》メンテナンス・ルームへと到達《とうたつ》した。

「はぁはぁ、やったぞ！　オイラはやりとげた！」

頭《あたま》に広《ひろ》がる妄想《もうそう》のハーレム、その天国《てんごく》へつながるためのハシゴを、手動《しゅどう》レバーを引《ひ》いて峰田《みねた》は下《した》におろしてやった。

ハシゴを伝《つた》ってつぎつぎとあがってくる出久《いずく》たちを、胸《むね》をはってでむかえる峰田《みねた》。

「さあオイラをほめたたえよ！　女子《じょし》だけでいいぞ、女子《じょし》だけで！」

だらしない顔《かお》で要求《ようきゅう》する。

「すごいわ、峰田《みねた》くん！　さすがヒーロー候補《こうほ》ね！」

メリッサに満面《まんめん》の笑《え》みでほめられて、峰田《みねた》のやる気《き》は急上昇《きゅうじょうしょう》。

「おまえら、気合《きあ》い入《い》れて行《い》くぞ！」

「「「オ――――――!!」」」


『おい、八〇階《かい》！　ガキどもが逃《に》げて監視《かんし》カメラを壊《こわ》してやがる。どうなってんだ!?』

「うるせえ、こっちはそれどころじゃねえ！」

峰田《みねた》の活躍《かつやく》により出久《いずく》たちが上階《じょうかい》へと駆《か》けぬけていくころ、植物《しょくぶつ》プラントで足止《あしど》めを食《く》らった敵《ヴィラン》たちは、通信《つうしん》にむかってどなり声《ごえ》をあげていた。

いまいましげに爆豪《ばくごう》たちをにらみつける。

轟《とどろき》のはなった氷結《ひょうけつ》を、カマキリ顔《がお》の敵《ヴィラン》は、大《おお》きな手《て》でなんなく空間《くうかん》ごと切《き》りとる。

まるく切《き》りとられた氷《こおり》のカタマリが、ごろりごろりと落《お》ちていく。

息《いき》をつく間《ま》もない〝個性《こせい》〟と〝個性《こせい》〟の攻防戦《こうぼうせん》。

まさに一瞬《いっしゅん》の油断《ゆだん》が命取《いのちと》りだ。

「あいつ、空間《くうかん》に穴《あな》をあけてるんじゃねぇ、えぐってやがる」

「そういうことか」

轟《とどろき》の言葉《ことば》を瞬時《しゅんじ》に理解《りかい》した爆豪《ばくごう》は、全身強化《ぜんしんきょうか》させている敵《ヴィラン》に狙《ねら》いをさだめた。

手《て》のひらの爆発《ばくはつ》で自分《じぶん》のスピードに勢《いきお》いをつけ、とびかかる。

ググッと手《て》のひらに汗《あせ》をためこむように握《にぎ》りこみ、さらに回転《かいてん》をつけ――、

「くらえ、榴弾砲《ハウザーインパクト》・着弾!!」

ドゥウウウウンッ!!


激《はげ》しい爆発《ばくはつ》が敵《ヴィラン》を直撃《ちょくげき》し、宙《ちゅう》にふっとぶ。

なすすべもなく、ぐしゃりと床《ゆか》に落《お》ちてきたときには、〝個性《こせい》〟が解除《かいじょ》され意識《いしき》を完全《かんぜん》に失《うしな》っていた。

「よくも!」

残《のこ》った敵《ヴィラン》が水《みず》かきのついた大《おお》きな手《て》をふり、爆豪《ばくごう》に攻撃《こうげき》をしかける。

しかし、瞬時《しゅんじ》によけられ、くやしがる敵《ヴィラン》。

ふと左手《ひだりて》を見《み》ると、そこには爆豪《ばくごう》の服《ふく》の切《き》れはしと一緒《いっしょ》に、飛《と》びちった汗《あせ》が貼《は》りついていた。

「なんだ、こりゃ!?」

「俺《おれ》の手《て》の汗《あせ》だよ。ニトロみてーなもんだ」

敵《ヴィラン》が気《き》づいたときには、もう遅《おそ》かった。

轟《とどろき》が左手《ひだりて》を前《まえ》にだし、爆炎《ばくえん》をはなつと、貼《は》りついていたニトロに着火《ちゃっか》する。

バゴオオオンッ!!

激《はげ》しい爆音《ばくおん》が辺《あた》りにひびき、敵《ヴィラン》はその場《ば》に倒《たお》れこんだ。すかさず轟《とどろき》が右手《みぎて》を使《つか》い氷《こおり》づけにする。

その横《よこ》を走《はし》りぬけ、2人《ふたり》は壁《かべ》にめりこんでいる切島《きりしま》のもとにむかう。

「切島《きりしま》!」

「無事《ぶじ》か?」

切島《きりしま》の〝個性《こせい》〟は『硬化《こうか》』。あんな攻撃《こうげき》くらいで死《し》にはしない。けれど、どうやら勢《いきお》いよく壁《かべ》に激突《げきとつ》させられたせいで、硬化《こうか》した体《からだ》はしっかりと壁《かべ》にめりこんでいるようだ。

「う、動《うご》けねえ……!　救《たす》けてくれ……」

「……アホかお前《まえ》は。〝個性《こせい》〟とけばいいだけだろうが」

「あ、そっか。イヤーびっくりした」

〝個性《こせい》〟をとき、壁《かべ》から抜《ぬ》けだした切島《きりしま》に爆豪《ばくごう》は背《せ》をむけ、小《ちい》さく「あんがとよ……」とつぶやいた。

まんざらでもない様子《ようす》の切島《きりしま》に、爆豪《ばくごう》がまたつっかかるが、轟《とどろき》はすぐに踵《きびす》をかえす。

「緑谷《みどりや》たちを追《お》うぞ」

「命令《めいれい》すんな！」

「とにかく、行《い》きながらくわしく話《はな》す」

爆豪《ばくごう》の暴言《ぼうげん》を聞《き》きながしながら、轟《とどろき》は上《うえ》へとつづく階段《かいだん》へと進《すす》む。

しかし、ふと妙《みょう》な機械音《きかいおん》で足《あし》を止《と》めた。

壁《かべ》からつぎつぎとあらわれる警備《けいび》マシンたちが、あっという間《ま》に3人《にん》をとりかこんだのだった。


『ボス、あいつらはただの子《こ》どもじゃありません！』

そのころ最上階《さいじょうかい》のセキュリティ室《しつ》では、警備室《けいびしつ》を占拠《せんきょ》した敵《ヴィラン》の1人《ひとり》——片目《かため》にレンズをはめこんでいる——が、パーティー会場《かいじょう》にいるボス敵《ヴィラン》に通信《つうしん》で連絡《れんらく》をしているところだった。

警備《けいび》システムの画像《がぞう》に呼《よ》びだされているのは、I《アイ》・アイランドへ入国《にゅうこく》の際《さい》にとられた出久《いずく》たちのパーソナルデータ。

『雄英高校《ゆうえいこうこう》ヒーロー科《か》……ヒーロー予備軍《よびぐん》です！』

入《はい》りこんだネズミは、少々厄介《しょうしょうやっかい》な存在《そんざい》だったようだ。

報告《ほうこく》を聞《き》いたボス敵《ヴィラン》は、すぐに思考《しこう》をめぐらせる。

この状況《じょうきょう》で子《こ》どもたちが上階《じょうかい》へとむかう理由《りゆう》は――、

「ガキどもの目的《もくてき》は、おそらく警備《けいび》システムの復旧《ふっきゅう》だ」

この場《ば》にいるヒーローがおとなしいのは、人質《ひとじち》の安否《あんぴ》が不明《ふめい》だからだ。頭《あたま》のいい子《こ》ネズミたちをどうしてやろうか。

少《すこ》し考《かんが》え、ボス敵《ヴィラン》はヘッドセットを使《つか》い指示《しじ》をだす。

「八〇階《かい》の警備《けいび》ロボは稼働《かどう》させたな？」

『はい』

「なら一〇〇階《かい》から一三〇階《かい》までの隔壁《かくへき》をすべてあげろ」

『えっ？』

「言《い》う通《とお》りにしろ」

そうすれば、ネズミはワナにかかるはずだ。

意図《いと》がわからずうろたえる手下《てした》にもう一度《いちど》命《めい》じて、ボス敵《ヴィラン》はノドの奥《おく》で低《ひく》く笑《わら》った。

階段《かいだん》を駆《か》けあがっていた出久《いずく》たち一行《いっこう》は、一三〇階《かい》と表示《ひょうじ》された踊《おど》り場《ば》のプレートを確認《かくにん》して、いったん息《いき》を整《ととの》えるために立《た》ち止《ど》まった。

あれだけしっかりとおろされていたシャッターが、なぜかすべて開《ひら》いているおかげで、ここまでは特《とく》に問題《もんだい》なく駆《か》けあがることができている。

「なんかラッキーじゃね。一〇〇階越《かいこ》えてからシャッターが開《ひら》きっぱなしなんて」

「うちらのこと見《み》うしなったとか？」

あっけらかんと喜《よろこ》ぶ上鳴《かみなり》の言葉《ことば》に、お茶子《ちゃこ》がはてと首《くび》をかしげる。そくざに耳郎《じろう》と八百万《やおよろず》が否定《てい》する。

「おそらく違《ちが》う」

「私《わたし》たち、誘《さそ》いこまれてますわね」

「ああ」

重々《おもおも》しくうなずく飯田《いいだ》に、出久《いずく》もまったく同意見《どういけん》だ。

「それでも、少《すこ》しでも上《うえ》に行《い》くために……むこうの誘《さそ》いに乗《の》る」

敵《ヴィラン》にどんな思惑《おもわく》があるのかはまだわからない。だからといって、手《て》をこまねいていてもしかたがない状況《じょうきょう》だ。

最上階《さいじょうかい》の警備《けいび》システムを止《と》めるために、今《いま》は前《まえ》へ進《すす》むだけだ。

全員《ぜんいん》で視線《しせん》をかわしてから、出久《いずく》は踊《おど》り場《ば》のドアに手《て》をかけた。

ギィ、と重《おも》たい音《おと》がして開《ひら》いたドアのむこうは、巨大《きょだい》な会議室《かいぎしつ》があるフロアのようだった。

しかも、あらかじめ出久《いずく》たちが来《く》ることを待《ま》っていたかのように、大量《たいりょう》の警備《けいび》マシンが稼働《かどう》している。

「なんて数《かず》なん……！」

「相手《あいて》は閉《と》じこめるのではなく、捕《と》らえることに方針《ほうしん》を変《か》えたか」

「きっと僕《ぼく》たちが雄英生徒《ゆうえいせいと》であることを知《し》ったんだと思《おも》う」

迷《まよ》いこんだおろかな子《こ》ども、という立《た》ち位置《いち》はもう使《つか》えない。

出久《いずく》たちを戦力《せんりょく》とみなして、これは仕掛《しか》けられている。

「でも、そうなることはこちらも予想済《よそうず》みですわ」

言《い》いながら、八百万《やおよろず》が絶縁《ぜつえん》シートを創造《そうぞう》する。

「ああ、予定通《よていどお》りプランA《エー》で行《い》こう」

「よっしゃ、俺《おれ》もやってやるぜ！　頼《たの》む、飯田《いいだ》！」

「ああ！」

パシン、と両手《りょうて》を打《う》った上鳴《かみなり》の合図《あいず》で、飯田《いいだ》がその手《て》をつかみ、片足《かたあし》のエンジンを回転《かいてん》させる。

ドゥロロロ……ッ、と辺《あた》りにひびく高速回転《こうそくかいてん》――その勢《いきお》いのまま、飯田《いいだ》が上鳴《かみなり》を投《な》げとばす。

「行《い》け、上鳴《かみなり》くん！」

落下地点《らっかちてん》は、まさに警備《けいび》マシンたちのド真《ま》ん中《なか》だ。

「くらえ！」

上鳴《かみなり》の〝個性《こせい》〟は『帯電《たいでん》』。体《からだ》にまとわせた電気《でんき》を放出《ほうしゅつ》する。

マシンは機械《きかい》、機械《きかい》はつまり――、

「無差別放電《むさべつほうでん》、130万V《まんボルト》！」

放電《ほうでん》が、周囲《しゅうい》にいる警備《けいび》マシンたちをバリバリとおそうけれど、あまり効果《こうか》はみられない。

「チッ。なら……」

上鳴《かみなり》は再《ふたた》び、

「200万《まん》V《ボルト》！」

八百万《やおよろず》の絶縁《ぜつえん》シートの下《した》に隠《かく》れた出久《いずく》たちが、そおっと顔《かお》をだしたときには、狙《ねら》い通《どお》り。

警備《けいび》マシンは操作不能《そうさふのう》になったと喜《よろこ》ぼうとしたその瞬間《しゅんかん》。

立《た》ちつくしている上鳴《かみなり》に、一分《いちぶ》のすきもなく統制《とうせい》のとれた動作《どうさ》でおそいかかる警備《けいび》マシンたち。

「ウェイ」

警備《けいび》マシンの腕《うで》に捕《つか》まり持《も》ちあげられた上鳴《かみなり》は、放電《ほうでん》の副作用《ふくさよう》で脳《のう》がショートし、アホ状態《じょうたい》になっている。

「頑丈《がんじょう》すぎだろ……！」

プランA《エー》の失敗《しっぱい》に峰田《みねた》がさけぶと、警備《けいび》マシンの頭部《とうぶ》にあるセンサーが、ぐるりと出久《いずく》たちにむけられた。

「こっちに来《く》る！」

「しかたない、みんな、プランB《ビー》だ！」

飯田《いいだ》の言葉《ことば》で、八百万《やおよろず》がすばやく発煙筒《はつえんとう》を大量《たいりょう》に創造《そうぞう》しつつ、お茶子《ちゃこ》やメリッサにわたしていく。

「これで通信《つうしん》を妨害《ぼうがい》できますわ！」

受《う》けとった端《はし》から、お茶子《ちゃこ》とメリッサが警備《けいび》マシンのいる方向《ほうこう》へ発煙筒《はつえんとう》をぶんっと投《な》げる。

「行《い》け！」

「えいっ！」

投《な》げられた発煙筒《はつえんとう》から煙《けむり》がもくもくと広《ひろ》がっていく。それを合図《あいず》に出久《いずく》がさけんだ。

「峰田《みねた》くん！」

「上鳴《かみなり》をかえせ！　ハーレムが待《ま》ってんだ！」

峰田《みねた》が頭《あたま》からもぎもぎボールをちぎっては投《な》げ、ちぎっては投《な》げ、とにかく投《な》げまくる。

そうとは知《し》らず充満《じゅうまん》した煙《けむり》のむこうからやって来《き》た警備《けいび》マシンたちは、地面《じめん》にあるもぎもぎボールに足止《あしど》めされ大渋滞《だいじゅうたい》におちいった。

「どーだ！」

ふんっと胸《むね》を張《は》る峰田《みねた》の視界《しかい》に、薄《うす》まった煙部分《けむりぶぶん》から、もぞもぞと動《うご》く警備《けいび》マシンの姿《すがた》が見《み》えてきた。

もぎもぎボールで止《と》まった警備《けいび》マシンを踏《ふ》み台《だい》にして、さらに別《べつ》の警備《けいび》マシンたちが少《すこ》しずつこちらにむかってくる。

「しつけえ〜〜〜！」

「行《い》くぞ、緑谷《みどりや》くん！」

「うん！」

さけぶ峰田《みねた》の前《まえ》に、今度《こんど》は飯田《いいだ》と出久《いずく》がでた。

（――ワン・フォー・オール　フルカウル）

ふくらはぎのエンジンを吹《ふ》かせる飯田《いいだ》の隣《となり》で、出久《いずく》も全身《ぜんしん》に力《ちから》をみなぎらせていく。

「フル・ガントレット！」

右腕《みぎうで》に装着《そうちゃく》したフル・ガントレットが、出久《いずく》の〝個性《こせい》〟に反応《はんのう》して変化《へんか》をはじめる。幾重《いくえ》にも広《ひろ》がるプレートが手《て》からひじまでをおおっていくのを見《み》つめながら、出久《いずく》はメリッサに言《い》われた言葉《ことば》を思《おも》いだした。

『このフル・ガントレットを装着《そうちゃく》すれば、デクくんの本来《ほんらい》の力《ちから》を発揮《はっき》できると思《おも》う』

けれどフルパワーは三回《かい》まで。

（まずは三十パーセントの力《ちから》で！）

「SMASH《スマッシュ》！」

とうとうここまでやってきた警備《けいび》マシンを、出久《いずく》の拳《こぶし》がふっ飛《と》ばす。

その間《あいだ》に、飯田《いいだ》が上鳴《かみなり》の救出《きゅうしゅつ》に成功《せいこう》した。

（痛《いた》くない。腕《うで》も平気《へいき》だ。いける！）

出久《いずく》は腕《うで》の感触《かんしょく》を確《たし》かめながらこれならもっと戦《たたか》えると確信《かくしん》した。

「耳郎《じろう》くん！　警備《けいび》マシンは！」

「ウェ～イ（ありがとう）」

頭《あたま》がショートした状態《じょうたい》のまま感謝《かんしゃ》をしている上鳴《かみなり》には誰《だれ》も気《き》をとめず、イヤホンを床《ゆか》に差《さ》しこんだ耳郎《じろう》が、警備《けいび》マシンたちの音《おと》を聞《き》いて指示《しじ》を飛《と》ばす。

「左《ひだり》から来《く》る！」

上鳴《かみなり》を抱《かか》えた飯田《いいだ》が右側《みぎがわ》に走《はし》る。お茶子《ちゃこ》や出久《いずく》、メリッサたちが後《あと》につづいた。

そのまま上階《じょうかい》につづくドアを開《あ》け、階段《かいだん》を勢《いきお》いよく駆《か》けあがる。

「デクくん、何《なに》その腕《うで》、すごいやん！」

並《なら》んだお茶子《ちゃこ》が、出久《いずく》の腕《うで》を見《み》てそう言《い》った。

少《すこ》し遅《おく》れてくるメリッサにむかって、出久《いずく》はフル・ガントレットを示《しめ》して見《み》せる。

「バッチリです！」

「持《も》ってきてたのね」

おどろいたようすのメリッサに、出久《いずく》は困《こま》ったように笑《わら》いながら、外《はず》しかたがわからなかったことを正直《しょうじき》に伝《つた》えた。

そうして駆《か》けぬけた一行《いっこう》は、一三七階《かい》のプレートがかかげられた踊《おど》り場《ば》にでた。

警戒《けいかい》の姿勢《しせい》を保《たも》ちながら、壁《かべ》にイヤホンを差《さ》しこみ音《おと》をひろう耳郎《じろう》を見《み》まもる。

「下《した》の階《かい》から警備《けいび》マシンの駆動音《くどうおん》が多数《たすう》……」

おそらく出久《いずく》たちをおそっていた警備《けいび》マシンの残党《ざんとう》だ。

「上《うえ》からは――ない、大丈夫《だいじょうぶ》」

「行《い》くぞ！」

なら再《ふたた》び正面突破《しょうめんとっぱ》だ。

走《はし》れ、走《はし》れ、走《はし》れ――！

駆《か》けぬけて、一三八階《かい》に到着《とうちゃく》する。

ここは製造工場《せいぞうこうじょう》になっているようだ。巨大《きょだい》なスペースに様々《さまざま》な機械《きかい》が設置《せっち》され、今《いま》はその動《うご》きがすべて止《と》まって辺《あた》りは静《しず》まりかえっている。

息《いき》を整《ととの》えていた出久《いずく》たちは、前方《ぜんぽう》に詰《つ》めこむように置《お》かれた機械《きかい》に気《き》づいてハッとなった。

スリープ状態《じょうたい》の警備《けいび》マシンが、出久《いずく》たちのゆく手《て》を邪魔《じゃま》するように埋《う》めつくされているではないか。しかもそれらが、待《ま》っていましたといわんばかりにつぎつぎと起動《きどう》していく。

「クッ、ワナか！」

「突破《とっぱ》しよう、飯田《いいだ》くん！」

「ダメだ。数《かず》が多《おお》すぎる」

ぐっと拳《こぶし》を握《にぎ》りしめた出久《いずく》の前《まえ》に、八百万《やおよろず》がでた。

「警備《けいび》マシンは私《わたし》たちが食《く》いとめますわ」

「緑谷《みどりや》くん、メリッサさんを連《つ》れて逃《に》げろ！」

八百万《やおよろず》に並《なら》んだ飯田《いいだ》も、警備《けいび》マシンとの間《あいだ》に立《た》ちふさがる。

私《わたし》も、とかまえたお茶子《ちゃこ》に、メリッサが言《い》う。

「お茶子《ちゃこ》さんも一緒《いっしょ》に来《き》て！」

「え、でも！」

「頼《たの》む、麗日《うららか》くん！」

とまどうお茶子《ちゃこ》にそうさけび、飯田《いいだ》はエンジンの回転数《かいてんすう》をあげる。

「トルクオーバー！」

ドゥルルルッ、と生《う》みだした爆速《ばくそく》で警備《けいび》マシンたちに突《つ》っこんでいく。

「レシプロォォォ！」

おし問答《もんどう》で足《あし》を止《と》める時間《じかん》はない。

出久《いずく》たちは思《おも》いを振《ふ》りきるように、飯田《いいだ》たちの反《はん》対側《たいがわ》へと駆《か》けだした。

八百万《やおよろず》が簡易砲台《かんいほうだい》に新《あら》たに創造《そうぞう》した小振《こぶ》りな砲塔《ほうとう》を装着《そうちゃく》し、とりもちでできた弾《たま》をこめる。それから耳郎《じろう》に場所《ばしょ》をゆずった。

「砲手《ほうしゅ》はまかせます。私《わたし》は弾《たま》を」

「了解《りょうかい》——行《い》けっ！」

発射《はっしゃ》されたとりもちは命中《めいちゅう》して、警備《けいび》マシンたちの動《うご》きを止《と》める。

砲撃《ほうげき》をくぐりぬけてやってくる警備《けいび》マシンには、峰田《みねた》がもぎもぎボールで応戦《おうせん》だ。

「来《く》るならきやがれ！　ハーレムは譲《ゆず》らねーかんな！」

マシンたちの中心《ちゅうしん》で蹴《け》りをくりだしつづける飯田《いいだ》と、遠距離《えんきょり》から砲撃《ほうげき》をつづける耳郎《じろう》と八百万《やおよろず》。

「ウェイ」

ショート状態《じょうたい》で戦力外《せんりょくがい》の上鳴《かみなり》はどことなく申《もう》し訳《わけ》なさそうだ。

弾丸《だんがん》を創造《そうぞう》しつづける八百万《やおよろず》の息《いき》が、じょじょにあがりだしてくる。

「はぁはぁ」

「来《く》るな来《く》るな来《く》るな！」

もぎもぎボールを投《な》げる峰田《みねた》も、顔中《かおじゅう》すでに血《ち》だらけだ。

「うおおおお！」

蹴《け》りで応戦《おうせん》する飯田《いいだ》も、あまりに多数《たすう》の警備《けいび》マシンに、だんだんと押《お》しつぶされていく。

救援《きゅうえん》のために砲首《ほうしゅ》をむけた耳郎《じろう》は、とりもちがないことに気《き》がついた。

「ヤオモモ、弾《たま》を！」

「そ、創造《そうぞう》の、限界《げんかい》が……」

肩《かた》で息《いき》をする八百万《やおよろず》がくやしげに奥歯《おくば》を噛《か》みしめる。

「オ、オイラの頭皮《とうひ》も限界《げんかい》だ……！」

頭《あたま》から血《ち》を流《なが》している峰田《みねた》も悲鳴《ひめい》をあげる。

そんな彼《かれ》らに、無情《むじょう》にも数《かず》で圧《あっ》とうする警備《けいび》マシンたちが、少《すこ》しずつ包囲《ほうい》をせばめていった――。

「警備《けいび》マシンが子《こ》どもたちを捕《と》らえました」

最上階《さいじょうかい》で成《な》りゆきを見《み》ていた敵《ヴィラン》が、片目《かため》にはめたレンズをきらめかせながら、モニターに映《うつ》る飯田《いいだ》たちの姿《すがた》をボス敵《ヴィラン》に報告《ほうこく》する。

大量《たいりょう》の警備《けいび》マシンを投入《とうにゅう》した甲斐《かい》があったというものだ。

けれど傍《そば》にいた目《め》の下《した》に隈取《くまどり》のような入《い》れ墨《ずみ》をした敵《ヴィラン》が、子《こ》どもたちの数《かず》に眉《まゆ》をひそめた。

モニターに映《うつ》っているのは5人《にん》。飯田《いいだ》、八百万《やおよろず》、耳郎《じろう》、峰田《みねた》、それに上鳴《かみなり》。

「逃《に》げた3人《にん》は？」

「今《いま》、捜《さが》してる」

「チッ、イライラさせやがる！」

片目《かため》レンズの敵《ヴィラン》は、バンッ、といらだたしげにデスクを叩《たた》き――、急《いそ》いでボス敵《ヴィラン》へと再《ふたた》び通信《つうしん》をつないだのだった。

タワー・一五〇階《かい》。

プレートのついたドアを、フル・ガントレットを装着《そうちゃく》した出久《いずく》がなぐり破《やぶ》る。

と、いきなりの強風《きょうふう》が出久《いずく》たちをおそった。

「うひゃっ」

「こ、ここは………」

フロアが広《ひろ》がっているとばかり思《おも》っていたそこは、中央《ちゅうおう》にエレベーターを運《はこ》ぶ柱《はしら》がある以外《いがい》は、多数《たすう》のプロペラが建《た》ちならんでいる場所《ばしょ》だった。

ほかはただ吹《ふ》き抜《ぬ》けのようになっている。

顔《かお》にあたる風《かぜ》を腕《うで》で防《ふせ》ぎながら振《ふ》りかえる出久《いずく》たちに、メリッサが説明《せつめい》した。

「風力発電《ふうりょくはつでん》システムよ。さっきみたいにタワーの中《なか》をのぼれば、警備《けいび》マシンが待《ま》ち構《かま》えてるはず。ここから、一気《いっき》に上層部《じょうそうぶ》へむかえるわ。あの非常口《ひじょうぐち》まで行《い》ければだけど……」

メリッサは、はるか上《うえ》に見《み》える非常階段《ひじょうかいだん》を見《み》つめた。それからお茶子《ちゃこ》をまっすぐに見《み》る。

「……お茶子《ちゃこ》さんの〝個性《こせい》〟なら、それができる……！」

メリッサの意図《いと》はすぐにわかった。お茶子《ちゃこ》の〝個性《こせい》〟は『無重力《むじゅうりょく》』。指先《ゆびさき》についた肉球《にくきゅう》で触《ふ》れたものの引力《いんりょく》を無効化《むこうか》することができる能力《のうりょく》だ。

「うん、まかせて！」

お茶子《ちゃこ》は両手《りょうて》の指《ゆび》をぴとりとあわせると、その手《て》で出久《いずく》とメリッサの体《からだ》に触《ふ》れる。

「メリッサさん、デクくんにつかまって」

「はいっ！」

ぎゅっと出久《いずく》の背中《せなか》に抱《だ》きつくメリッサ。

お茶子《ちゃこ》は無重力化《むじゅうりょくか》させた出久《いずく》の体《からだ》をつかみ、ぐっと真上《まうえ》に押《お》しだして――、

「行《い》っけ――！」

重力《じゅうりょく》を失《うしな》った2人《ふたり》の身体《からだ》はぐんぐんと上昇《じょうしょう》していく。

その直後《ちょくご》、お茶子《ちゃこ》の残《のこ》る階下《かいか》のドアから、つぎつぎと警備《けいび》マシンがあらわれた。出久《いずく》がさけぶ。

「麗日《うららか》さん！」

「〝個性《こせい》〟を解除《かいじょ》して逃《に》げて！」

数《かず》が多《おお》い。多《おお》すぎる。お茶子《ちゃこ》1人《ひとり》ではきっと無理《むり》だ。

けれど負《ま》けじとお茶子《ちゃこ》は大声《おおごえ》で出久《いずく》たちにむかってにさけぶ。

「できひん！　そんなことしたら、みんなを、救《たす》けられなくなる……！」

警備《けいび》マシンと対《たい》じしつつ、すきをうかがうようにお茶子《ちゃこ》の足《あし》がうしろにさがる。が、ようしゃなくおそいかかる警備《けいび》マシンの大群《たいぐん》に、再《ふたた》び出久《いずく》が口《くち》を開《ひら》きかけたそのとき──！


バゴォォオンッ！


突然《とつぜん》の爆炎《ばくえん》が警備《けいび》マシンをふっ飛《と》ばした。

次《つ》いで、ビキビキと氷結《ひょうけつ》がマシンたちを凍《こお》らせていく。

おどろいて振《ふ》りむくお茶子《ちゃこ》より先《さき》に、上空《じょうくう》にいた出久《いずく》にはその頼《たの》もしい姿《すがた》がはっきりと見《み》えた。

「かっちゃん！」

それにすぐおいついた２人《ふたり》の仲間《なかま》たち。

「轟《とどろき》くん！　切島《きりしま》くん！」

ドアからなだれこむように入《はい》って来《く》る警備《けいび》マシンたちを、轟《とどろき》がつぎつぎと氷結《ひょうけつ》で凍《こお》らせながら、お茶子《ちゃこ》をかばうように立《た》つ。

「ケガはねーか、麗日《うららか》？」

「うん、平気《へいき》！　デクくんとメリッサさんが今《いま》、最上階《さいじょうかい》にむかってる！」

「ああ見《み》てた」

うなずいて、轟《とどろき》はうしろの2人《ふたり》を見《み》る。

「……おい、ここでこいつらを足止《あしど》めするぞ」

「俺《おれ》に命令《めいれい》すんじゃねえ！」

「とか言《い》ってるくせに、コンビネーションはいいんだよな」

「誰《だれ》が！」

爆豪《ばくごう》がニトロの汗《あせ》を爆発《ばくはつ》させながら切島《きりしま》にどなる。

言《い》い争《あらそ》いをしながら、それでも3人《にん》の攻撃《こうげき》は的確《てきかく》に警備《けいび》マシンの数《かず》を減《へ》らしていくのが、上空《じょうくう》にいる出久《いずく》にははっきりとわかった。

なんて、力強《ちからづよ》い仲間《なかま》たちだろう。

感動《かんどう》でうるみはじめた目元《めもと》を腕《うで》でごしごしとぬぐい、出久《いずく》は爆豪《ばくごう》たちへと声《こえ》をはる。

「ありがとう、みん……なあぁぁぁぁぁ!!」

と、また突然強風《とつぜんきょうふう》が吹《ふ》いて、出久《いずく》とメリッサの体《からだ》をギュンッと横《よこ》に流《なが》してしまった。

「デクくん、メリッサさん！」

このままではまっすぐ上《うえ》へは到達《とうたつ》できない。それどころか、ヘタをすれば壁《かべ》に激突《げきとつ》だ。

気《き》づいた轟《とどろき》が爆豪《ばくごう》を見《み》る。

「爆豪《ばくごう》、爆破《ばくは》でプロペラの角度《かくど》を真上《まうえ》に変《か》えろ」

「だから命令《めいれい》すんじゃねえ！」

不満《ふまん》を隠《かく》そうともせずどなりながらも、爆豪《ばくごう》は手《て》のひらをプロペラにむけ、爆発《ばくはつ》をはなつ。

言動《げんどう》とは裏腹《うらはら》に繊細《せんさい》なコントロールが可能《かのう》なのは、爆豪《ばくごう》のセンスと努力《どりょく》のたまものだ。

角度《かくど》の変《か》わったプロペラに、轟《とどろき》が左腕《ひだりうで》をむける。


「よし！　これで！」

左腕《ひだりうで》からプロペラの下側《したがわ》にむけて炎《ほのお》を勢《いきお》いよくはなつ。

温《あたた》められた空気《くうき》が巨大《きょだい》なプロペラによって、さらに上昇《じょうしょう》。

ほんろうされていた出久《いずく》たちの体《からだ》が、再《ふたた》びグングン上《うえ》へとのぼっていく。

(轟《とどろき》くん、炎《ほのお》を使《つか》って……ありがとう、轟《とどろき》くん……！)

彼《かれ》が、自分《じぶん》に宿《やど》る相反《あいはん》する二《ふた》つの〝個性《こせい》〟に葛藤《かっとう》していたことを知《し》っている出久《いずく》は、鼻《はな》の奥《おく》にこみあげてきた痛《いた》みをぐっと飲《の》みこんだ。

「デクくん！」

「え？」

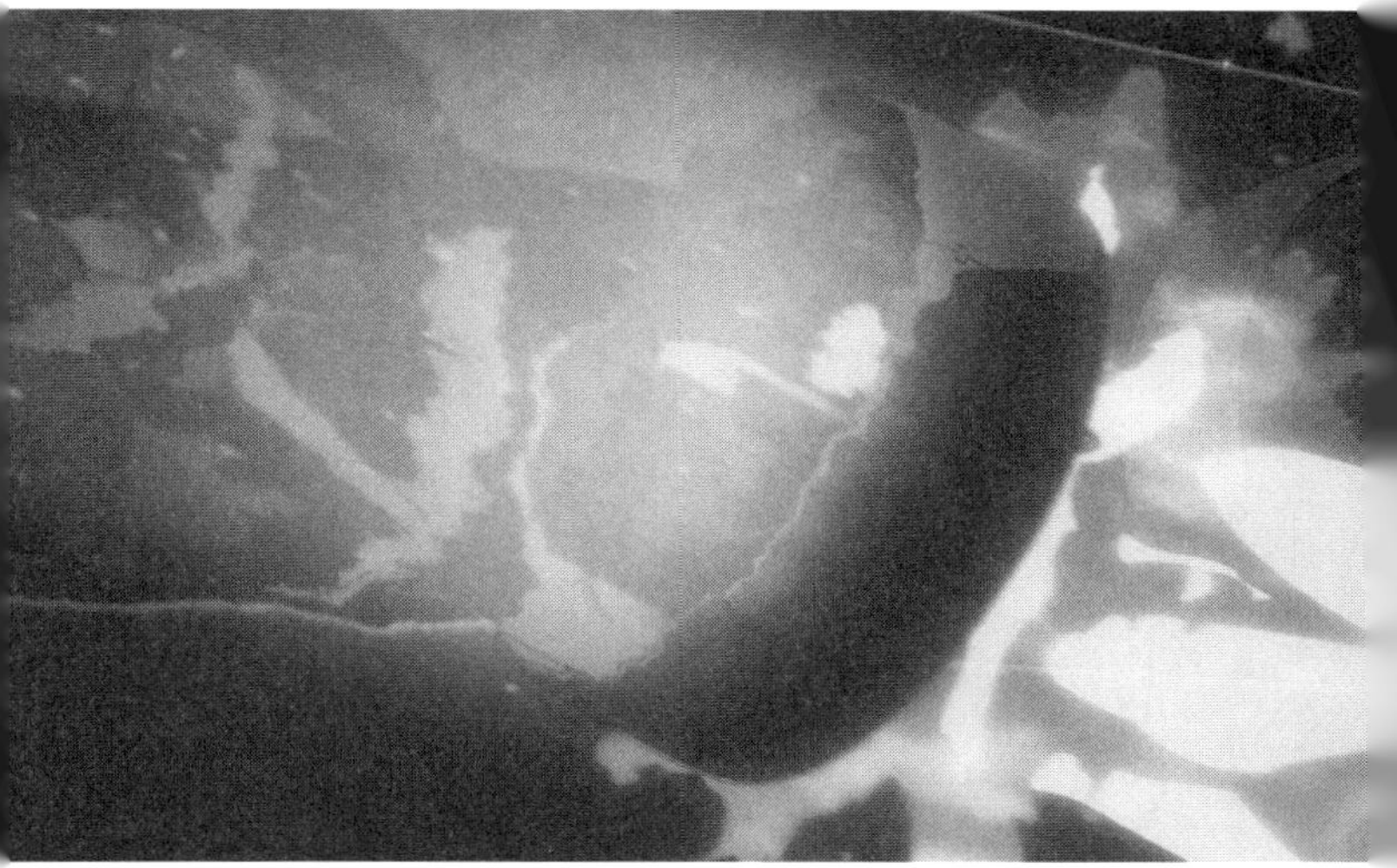

と、思《おも》っていたら、上昇速度《じょうしょうそくど》があがりすぎていたらしい。

気《き》づけばタワーの上層《じょうそう》が、もう2人《ふたり》の目《め》と鼻《はな》の先《さき》だ。このままでは激突《げきとつ》する。

「うわあああ！」

「ぶつかる！」

（ここはもう、だし惜《お》しみしてる場合《ばあい》じゃない！）

出久《いずく》は、腕《うで》に意識《いしき》を集中《しゅうちゅう》した。

「メリッサさん、しっかりつかまって！」

全身《ぜんしん》に力《ちから》をみなぎらせる。

（ワン・フォー・オール　フルカウル！）

ぐおっと拳《こぶし》を振《ふ》りあげる。

（メリッサさんの作《つく》ったフル・ガントレットを信《しん》じて……ぶちかませ！）

腕《うで》をおおうプレートが、出久《いずく》の力《ちから》の出力《しゅつりょく》を守《まも》るように光《ひか》る。

タワーの天井《てんじょう》が迫《せま》る中《なか》、出久《いずく》の目《め》に外壁《がいへき》——非常扉《ひじょうとびら》が飛《と》びこんでくる。

「**DETROIT《デトロイト》 SMASH《スマッシュ》——ッ！**」

上層《じょうそう》へと叩《たた》きつけられる前《まえ》に、そこへ拳《こぶし》を叩《たた》きこむ出久《いずく》。

ものすごいクラッシュ音《おん》とともにドアが破壊《はかい》され、出久《いずく》たちの体《からだ》はタワーの中《なか》へと入《はい》っていく。

一五〇階《かい》から出久《いずく》たちの動《うご》きを見《み》あげていたお茶子《ちゃこ》は、カッと目《め》を見開《みひら》いた。

「タワーに入《はい》った！　解除《かいじょ》！」

パンッと手《て》をあわせる。

吸《す》いこまれるように非常口《ひじょうぐち》へと飛《と》びこんでいた出久《いずく》たちは、無重力《むじゅうりょく》の勢《いきお》いでその天井《てんじょう》まで上昇《じょうしょう》し、お茶子《ちゃこ》の解除《かいじょ》で一気《いっき》に重力《じゅうりょく》がもどってしまった。

今度《こんど》はぐんぐんと落下《らっか》していく。

「うわあああ！」

眼下《がんか》には出久《いずく》が開《あ》けたドアの穴《あな》が。このままでは、せっかく到達《とうたつ》した最上階近《さいじょうかいちか》くから、爆豪《ばくごう》たちのいるところまで、一気《いっき》にもどってしまうことになる。

それに、この高《たか》さから落《お》ちるのだ。ケガ程度《ていど》では絶対《ぜったい》にすまない。

「クソォ！」

ぎゅっと目《め》を閉《と》じしがみつくメリッサを抱《かか》えたまま、出久《いずく》は穴《あな》のフチを蹴飛《けと》ばして、床《ゆか》をすべるように転《ころ》がり――ようやく2人《ふたり》の動《うご》きが止《と》まった。到達《とうたつ》したそのフロアは、一九八階《かい》。

最上階《さいじょうかい》まであと二階《かい》に迫《せま》っていた。

「……うっ……」

「デクくん、大丈夫《だいじょうぶ》？」

折《お》り重《かさ》なるように倒《たお》れていた出久《いずく》は、ふるり、と頭《あたま》を振《ふ》りながら目《め》を開《あ》けて――メリッサの顔《かお》があまりに近《ちか》くにあることにおどろいた。あわててビュンッと距離《きょり》をとる。

「だ、だだ、大丈夫《だいじょうぶ》です……！　メ、メリッサさんこそ大丈夫《だいじょうぶ》ですか？」

「うん平気《へいき》、かすり傷程度《きずていど》」

「……よかった……」

出久《いずく》がホッと胸《むね》をなでおろした瞬間《しゅんかん》、警備室《けいびしつ》にいた目《め》の下《した》に入《い》れ墨《ずみ》のある敵《ヴィラン》が、一九八階《かい》までおりてきた。室内《しつない》に入《はい》るやいなや、起《お》きあがりかけていた出久《いずく》たちを見《み》つけ、両腕《りょううで》を鋭《するど》く長《なが》い刀《かたな》に変形《へんけい》させておそいかかる。

「おらあ！」

「クッ」

とっさにメリッサをかばい、出久《いずく》はくりだされる刃《やいば》をフル・ガントレットで防《ふせ》いで応戦《おうせん》する。

「まさか、ここまで来《く》るとはな！」

「お、お前《まえ》たちの目的《もくてき》は、なんだ!?」

「言《い》うわけねーだろーが！」

敵《ヴィラン》がさけび、刀《かたな》を横《よこ》になぎはらう。

勢《いきお》いではじかれ、出久《いずく》はドアの穴《あな》に落《お》ちそうになった。

「うわ！」

好機《こうき》と見《み》た敵《ヴィラン》が、刀《かたな》を大《おお》きく振《ふ》りあげる。

「くたばれ！」

「やめて！」

うしろから飛《と》びかかったメリッサを、敵《ヴィラン》が刃《やいば》の腕《うで》で振《ふ》りはらう。

「じゃまするな！」

はじき飛《と》ばされたメリッサが、腕《うで》から血《ち》を流《なが》して床《ゆか》に倒《たお》れこんだ。

出久《いずく》の体《からだ》にほとんど無意識《むいしき》に力《ちから》が入《はい》る。

「小娘《こむすめ》がっ！」

「SMASH《スマッシュ》!!」

「!?」

フル・ガントレットを装着《そうちゃく》した出久《いずく》の拳《こぶし》が、敵《ヴィラン》の体《からだ》にめりこんでいく。

そのまま勢《いきお》いよくふっ飛《と》んだ敵《ヴィラン》は気絶《きぜつ》した。

怒《いか》りで肩《かた》をいからせていた出久《いずく》は、ハッとして倒《たお》れたメリッサに駆《か》けよる。

「メリッサさん！　腕《うで》を……」

「大丈夫《だいじょうぶ》。たいしたことないわ」

何《なに》かないかとポケットを探《さぐ》り、でて来《き》たハンカチをメリッサの腕《うで》に巻《ま》きつけつつ、出久《いずく》は唇《くちびる》を噛《か》みしめた。

「すみません、守《まも》れなくて」

けれど、その手《て》にメリッサが触《ふ》れる。

「ありがとうでしょ？」

力強《ちからづよ》い笑《え》みをむけられて、出久《いずく》は、ぐしっとにじみそうになった涙《なみだ》をぬぐう。

「……はい！」

そうだ。ヒーローは、自分《じぶん》だけじゃない。

大《おお》きくうなずいた出久《いずく》に、メリッサはより一層《いっそう》ステキな笑顔《えがお》を見《み》せてくれた。

そうして再《ふたた》び立《た》ちあがり、今度《こんど》は慎重《しんちょう》に足《あし》を進《すす》める出久《いずく》とメリッサ。

「一九九階《かい》……もう少《すこ》しです……」

「デクくん、みんなを、救《たす》けようね……」

「はい、絶対《ぜったい》に……」

そしてついに二〇〇階《かい》が目《め》の前《まえ》にあらわれる。

扉《とびら》の前《まえ》で警備《けいび》をしていた2人《ふたり》の敵《ヴィラン》が、階段《かいだん》をあがってきた出久《いずく》たちに気《き》づいた。

同《おな》じようなヘルメットで顔面《がんめん》を隠《かく》していて、表情《ひょうじょう》は見《み》えない。

「来《き》たぞ！」

敵《ヴィラン》から一斉《いっせい》に銃《じゅう》がはなたれる。

出久《いずく》は、すばやいジャンプで彼《かれ》らの注意《ちゅうい》を引《ひ》いてから、壁《かべ》を蹴《け》って縦横無尽《じゅうおうむじん》に銃弾《じゅうだん》をさける。

「はあっ！」

強《つよ》く握《にぎ》りしめた拳《こぶし》と足《あし》で2人《ふたり》をほぼ同時《どうじ》にふっ飛《と》ばし、出久《いずく》はついに二〇〇階《かい》の扉《とびら》に手《て》を伸《の》ばした。

#06 最上階《さいじょうかい》の先《さき》に――

「ここが、二〇〇階《かい》……！」

警戒《けいかい》しながら、２人《ふたり》は中《なか》に入《はい》る。

メリッサも入《はい》るのは初《はじ》めてなのだろう。出久《いずく》の隣《となり》で一緒《いっしょ》に目《め》を見《み》ひらいている。

警備室《けいびしつ》とはいえ、ワンフロアがそれぞれの区画《くかく》にわかれているらしい。

慎重《しんちょう》に進《すす》んでいた出久《いずく》たちは、ガラス越《ご》しに見《み》える保管室《ほかんしつ》にたどりついた。

その中《なか》に、端末《たんまつ》で作業《さぎょう》をしているデヴィットと助手《じょしゅ》のサムの姿《すがた》が見《み》える。

「どうしてパパが最上階《さいじょうかい》にいるの？」

こちらに背《せ》を向《む》けているせいでまだ出久《いずく》やメリッサに気《き》づいていないデヴィットたちに、メリッサがつぶやく。

「敵《ヴィラン》に連《つ》れてこられて、何《なに》かさせられてる？」

そうでなければありえない。きっとおどされて連《つ》れてこられて、監視役《かんしやく》の敵2人《ヴィランふたり》を自分《じぶん》たちが倒《たお》したことを知《し》らないから、言《い》われた作業《さぎょう》をつづけているに違《ちが》いない。

もしかしたら保管室《ほかんしつ》の中《なか》に、出久《いずく》たちの知《し》らないほかの敵《ヴィラン》がいるのかもしれない。

「救《たす》けないと！」

「はい！」

2人《ふたり》は保管室《ほかんしつ》をまわりこみ、開《あ》けられているドアから中《なか》の様子《ようす》をうかがう。

（ツイてる。敵《ヴィラン》はいない）

どうやら見張《みは》りはさっきの2人《ふたり》だけだったようだ。

なら、あとは博士《はかせ》たちを保護《ほご》してセキュリティをもどすだけ――。

「コードを解除《かいじょ》した」

そう思《おも》った出久《いずく》は、聞《き》こえてきたデヴィットの声《こえ》に思《おも》わず足《あし》を止《と》めた。

保管室《ほかんしつ》で操作《そうさ》をつづけるデヴィットが、少《すこ》し奥《おく》にいるサムに言《い》う。

「開《あ》けるぞ」

エンターキーを押《お》す、かたん、という小《ちい》さな音《おと》がして、保管室《ほかんしつ》の一部《いちぶ》の扉《とびら》が開《あ》きはじめる。

その中《なか》からアタッシェケースを取《と》りだしたサムが、デヴィットにわたした。

「やりましたね、博士《はかせ》。すべてそろってます」

「ああ、ついに取《と》りもどした。この装置《そうち》と研究《けんきゅう》データだけは、誰《だれ》にもわたさない。わたすものか……」

開《あ》いたケースの中身《なかみ》は見《み》えない。

けれど、デヴィットの口調《くちょう》はおどされているようにはまるで聞《き》こえなかった。

(……まさか)

イヤな予感《よかん》が出久《いずく》の頭《あたま》にちらつきはじめる。

「プラン通《どお》りですね。敵《ヴィラン》たちもうまくやってるみたいです」

「ありがとう、彼等《かれら》を手配《てはい》してくれた君《きみ》のおかげだ、サム……」

(そんな)

出久《いずく》の予感《よかん》が確信《かくしん》に変《か》わる音《おと》がする。

「パパ……」

メリッサの声《こえ》に、2人《ふたり》がハッとして顔《かお》をあげる。

デヴィットの顔《かお》には、はっきりとおどろきとまどいの表情《ひょうじょう》があった。

「メ、メリッサ……」

「お嬢《じょう》さん、どうしてここに?」

「『手配《てはい》した』って何《なに》?　もしかして、この事件《じけん》、パパが仕組《しく》んだの?　その装置《そうち》を手《て》に入《い》れるために……そうなの、パパ!?」

悲痛《ひつう》な表情《ひょうじょう》で聞《き》くメリッサに、デヴィットは一瞬目《いっしゅんめ》を伏《ふ》せて、それから、まっすぐにメリッサを見《み》つめた。その顔《かお》は、何《なに》かを決意《けつい》したようにも見《み》える。

「……そうだ……」

「なんで……どうして!?」

さけぶメリッサから、サムがかばうように前《まえ》にでる。

「……博士《はかせ》は、奪《うば》われたものを取《と》りかえしただけです……。機械的《きかいてき》に〝個性《こせい》〟を増幅《ぞうふく》させる……この画期的《かっきてき》な発明《はつめい》を」

「〝個性《こせい》〟の増幅《ぞうふく》……」

不穏《ふおん》な単語《たんご》に、出久《いずく》の心臓《しんぞう》がはねる。サムはゆっくりとうなずいた。

「ええ、まだ試作段階《しさくだんかい》ですが、この装置《そうち》を使《つか》えば、薬品《やくひん》などとは違《ちが》い人体《じんたい》に影響《えいきょう》を与《あた》えず、〝個《こ》性《せい》〟を増幅《ぞうふく》させることができます」

それは画期的《かっきてき》なものかもしれない。

現《げん》に科学者《かがくしゃ》であるサムは、どこか得意《とくい》げな口調《くちょう》だ。

けれどその顔《かお》が何《なに》かを思《おも》いだしたのか、憎々《にくにく》しげにゆがみはじめる。

「しかし、その研究《けんきゅう》データはスポンサーによって、凍結《とうけつ》させられてしまいました。……この発明《はつめい》が世間《せけん》に公表《こうひょう》されれば、超人社会《ちょうじんしゃかい》の構造《こうぞう》が激変《げきへん》する……それを恐《おそ》れた各国《かっこく》の政府機関《せいふきかん》が圧力《あつりょく》をかけてきたのです。だから、博士《はかせ》は……」

サムの脳裏《のうり》には、苦悩《くのう》するデヴィットの姿《すがた》が思《おも》いおこされていた。


『どうにかして研究《けんきゅう》を取《と》りもどさなければ……しかし、どうやって取《と》りもどせば……』

デヴィットはとても悩《なや》んでいた。これほどの発明《はつめい》だ。無理《むり》もないだろう。

だから、サムは提案《ていあん》した。

『なら、我々《われわれ》ではなく、敵《ヴィラン》に盗《ぬす》ませましょう』

『……バカなことをっ』

『何《なに》も本物《ほんもの》を雇《やと》う必要《ひつよう》はありません。敵《ヴィラン》を装《よそお》った者《もの》を雇《やと》い、盗《ぬす》まれたことにする。』

〝個性《こせい》〟を持《も》てあましている人間《にんげん》などごまんといる。そんなヤツらを使《つか》えばいい。誰《だれ》かに危害《きがい》を加《くわ》えるわけではないのだという甘《あま》い言葉《ことば》が、デヴィットの脳裏《のうり》に浮《う》かぶ。

『…………』

その提案《ていあん》にデヴィットは乗《の》った。

『決行日《けっこうび》は《I《アイ》‐エキスポ》のプレオープンの日《ひ》。関係者《かんけいしゃ》が一堂《いちどう》に会《かい》するレセプション・パーティーの開催《かいさい》と同時《どうじ》に作戦《さくせん》を開始《かいし》します。我々《われわれ》が裏《うら》で彼《かれ》らを手引《てび》きし、敵《ヴィラン》が《I《アイ》‐アイランド》を乗《の》っとったように見《み》せかけるのです……博士《はかせ》』


サムの話《はなし》にメリッサは衝撃《しょうげき》を受《う》けてよろめいた。

「そんな、ウソでしょ、パパ……ウソだと言《い》って……」

「……ウソではない……」

「こんなのおかしいわ……私《わたし》の知《し》ってるパパは、絶対《ぜったい》にそんなことしない！　なのに……どうして……どうして！」

出久《いずく》にはメリッサの気持《きも》ちが、痛《いた》いほどによくわかる。

尊敬《そんけい》してやまない父親《ちちおや》が——出久《いずく》にとってのオールマイトが、絶対《ぜったい》の正義《せいぎ》が、もしも悪《あく》に手《て》を染《そ》めたなら……。

けれどデヴィットはしぼりだすように言《い》った。

「……オールマイトの、ためだ……」

デヴィットは、どこか熱《ねっ》のこもった瞳《ひとみ》で出久《いずく》とメリッサを交互《こうご》に見《み》つめた。

「お前《まえ》たちは知《し》らないだろうが、彼《かれ》の〝個性《こせい》〟は消《き》えかかっている。だが私《わたし》の装置《そうち》があれば、彼《かれ》の〝個性《こせい》〟をもとにもどせる……いや、それ以上《いじょう》の能力《のうりょく》を彼《かれ》に与《あた》えることができる。ナンバー1《ワン》ヒーローが、平和《へいわ》の象徴《しょうちょう》が、再《ふたた》び光《ひかり》を取《と》りもどすことができるんだ！」

その言葉《ことば》にショックを受《う》けたのは出久《いずく》の方《ほう》だった。

（僕《ぼく》が、ワン・フォー・オールを受《う》け継《つ》いだから……オールマイトの力《ちから》が失《うしな》われていることを憂《うれ》いて、博士《はかせ》は……）

ワン・フォー・オールのことは話《はな》していないとオールマイトは言《い》っていた。それは彼《かれ》らを危険《きけん》から守《まも》るためでもあるのだと。

けれど博士《はかせ》はオールマイトの親友《しんゆう》だ。ヒーローのために、悪《あく》をくじくそのために、尽力《じんりょく》を惜《お》しまない人《ひと》だ。

その彼《かれ》にとって、オールマイトの弱体化《じゃくたいか》は、これ以上《いじょう》ない絶望《ぜつぼう》だったに違《ちが》いない。

だから、そのために彼《かれ》はこれが正義《せいぎ》だと信《しん》じて――。

「頼《たの》む、オールマイトにこの装置《そうち》をわたさせてくれ！　もう作《つく》り直《なお》している時間《じかん》はないんだ！　その後《あと》でなら、私《わたし》はどんな罰《ばつ》をも受《う》ける覚悟《かくご》も……」

強《つよ》く主張《しゅちょう》するデヴィットに、メリッサは血《ち》のにじんだ自分《じぶん》の腕《うで》を見《み》せつけた。

「命懸《いのちが》けだった！　捕《と》らわれた人《ひと》たちを救《たす》けようと、デクくんやクラスメイトのみんなが、ここに来《く》るまで、どんな目《め》にあったと思《おも》ってるの!?」

痛々《いたいた》しげな娘《むすめ》の腕《うで》に、デヴィットの瞳《ひとみ》に初《はじ》めて動揺《どうよう》の色《いろ》がうかんだ。

汚《よご》れが目立《めだ》ち、ところどころ破《やぶ》けた出久《いずく》のスーツにも、今初《いまはじ》めて気《き》づいたかのように、口元《くちもと》を手《て》でおおい、ふらりと首《くび》を左右《さゆう》に振《ふ》る。

「ど、どういうことだ……敵《ヴィラン》は偽物《にせもの》……すべては芝居《しばい》のはず……」

「――もちろん芝居《しばい》をしてたさ」

不意《ふい》に、ボス敵《ヴィラン》の声《こえ》がひびいた。

ズシン、と重《おも》い足音《あしおと》が保管室《ほかんしつ》に入《はい》って来《く》る。

ボス敵《ヴィラン》のうしろには片目《かため》にレンズをつけている敵《ヴィラン》が、つきしたがうようについて来《き》ていた。

「偽物《にせもの》の敵《ヴィラン》という芝居《しばい》をな」

「あいつは!!」

レセプション会場《かいじょう》にいたと気《き》づいた出久《いずく》は、とっさにボス敵《ヴィラン》へと駆《か》けだした。

しかし、ボス敵《ヴィラン》が腕《うで》を振《ふ》る。

すると近《ちか》くにあった金属片《きんぞくへん》があっという間《ま》に集《あつ》まり、ボス敵《ヴィラン》の動《うご》きにあわせて一気《いっき》におそいかかってきた。

金属《きんぞく》の群《む》れによって、出久《いずく》の体《からだ》は壁《かべ》に叩《たた》きつけられる。そのまま変形《へんけい》した金属片《きんぞくへん》に手足《てあし》を拘束《こうそく》された出久《いずく》の口《くち》にも、金属《きんぞく》の板《いた》のようなものが貼《は》りついて、言葉《ことば》も封《ふう》じられてしまう。

（き、金属《きんぞく》をあやつる〝個性《こせい》〟か……！）

ボス敵《ヴィラン》がゴミでも見《み》るような目《め》で出久《いずく》をチラッと見《み》た。

「少《すこ》しおとなしくしていろ。サム、装置《そうち》は？」

「ここに。研究《けんきゅう》データも入《はい》っています」

デヴィットが確認《かくにん》していたアタッシェケースを、サムが当然《とうぜん》のようにボス敵《ヴィラン》に手《て》わたした。

「サム、まさか、最初《さいしょ》から装置《そうち》を敵《ヴィラン》にわたすつもりで……私《わたし》を、だまして……」

がく然《ぜん》としてつぶやくデヴィットに、サムは目《め》に涙《なみだ》をためながら振《ふ》りかえった。

「だましたのはあなたですよ。長年《ながねん》、あなたに仕《つか》えてきたというのに、あっさりと研究《けんきゅう》は凍結《とうけつ》、手《て》に入《い》れるはずだった栄誉《えいよ》、名声《めいせい》……すべてが無《む》に帰《き》した。せめてお金《かね》ぐらいもらわないと割《わ》りがあいません」

「サム、約束《やくそく》の謝礼《しゃれい》だ」

ボス敵《ヴィラン》の言葉《ことば》と同時《どうじ》に――、

――ドウンッ
銃弾《じゅうだん》がサムの肩口《かたぐち》にはなたれた。

「ううっ！　なぜ……や、約束《やくそく》が違《ちが》う！」

保管室《ほかんしつ》の棚《たな》にもんどりうって倒《たお》れるサムの傷口《きずぐち》から、血《ち》があふれだす。

ボス敵《ヴィラン》はまるで軽口《かるくち》でも叩《たた》くかのような調子《ちょうし》で、肩《かた》をすくめて、笑《え》みを浮《う》かべた。

「おいおい、何《なに》を勘違《かんちが》いしてる？　敵《ヴィラン》が約束《やくそく》を守《まも》るわけないだろ」

ズキュンッ

再《ふた》びサムにむけられた銃口《じゅうこう》から銃弾《じゅうだん》がはなたれる。だが、

「パパ！」

銃弾《じゅうだん》は、彼《かれ》をかばったデヴィットを貫《つらぬ》いた。

サムがおどろきに目《め》を見《み》ひらく。

「博士《はかせ》、ど、どうして……」

「……に、逃《に》げろ……」

弱々《よわよわ》しく言《い》いながら床《ゆか》に倒《たお》れたデヴィットのもとへ、メリッサが駆《か》けよる。

だがボス敵《ヴィラン》は、それをはばむようにメリッサをなぐりとばした。

「きゃっ！」

「ぶぐうう～～！」

声《こえ》も手《て》もだせない出久《いずく》は、眼中《がんちゅう》にも入《い》れられていない。

ボス敵《ヴィラン》は床《ゆか》にくずれおちているデヴィットの背中《せなか》をふみつけた。

「いまさらヒーロー気《き》どりか、ムダだ。どんな理由《りゆう》があろうと、俺《おれ》たちが偽物《にせもの》だろうが本物《ほんもの》だろうが、あんたが犯《おか》した罪《つみ》は消《き》えない。俺《おれ》たちと同類《どうるい》さ。あんたはもう科学者《かがくしゃ》でいることも研究《けんきゅう》を

つづけることもできやしない。敵《ヴィラン》の闇《やみ》に落《お》ちていく一方《いっぽう》さ。今《いま》のあんたにできることは、俺《おれ》のもとでこの装置《そうち》を量産《りょうさん》することぐらいだ」

非情《ひじょう》な悪《あく》のささやきに、メリッサは叩《たた》きつけられた床《ゆか》から必死《ひっし》に体《からだ》を起《お》こす。

「……パ、パパを、かえして……」

「そうだな。博士《はかせ》の未練《みれん》は断《た》ちきっておかないとな……」

言《い》うなり、ボス敵《ヴィラン》は銃口《じゅうこう》をメリッサにむけた。その指先《ゆびさき》がひきがねにかかり――、

「……や、め……」

まったく相手《あいて》にしていなかった出久《いずく》のしぼりだすような声《こえ》に、ボス敵《ヴィラン》がぴくりと反応《はんのう》した。振《ふ》りかえり、おどろきに目《め》をみはる。

力《ちから》を振《ふ》りしぼり、壁《かべ》に張《は》りつけていた拘束《こうそく》をといていく出久《いずく》がいる。

怒《いか》りのオーラを立《た》ちのぼらせて、全身《ぜんしん》に力《ちから》をみなぎらせ、

「……ろお!!」

パワーのみで完全《かんぜん》に拘束《こうそく》をといた出久《いずく》が、ボス敵《ヴィラン》にむかい走《はし》りだした。

「SMASH《スマッシュ》!」

ボス敵《ヴィラン》へと拳《こぶし》をくりだす。が、金属片《きんぞくへん》を集《あつ》めて防《ふせ》がれる。

次《つぎ》の瞬間《しゅんかん》またSMASH《スマッシュ》をはなつ出久《いずく》。ボス敵《ヴィラン》も負《ま》けじと金属片《きんぞくへん》で防《ふせ》ぐ。

拮抗《きっこう》した激《はげ》しい攻防《こうぼう》がくりひろげられていく最中《さなか》、出久《いずく》の瞳《ひとみ》がメリッサをとらえた。

(メリッサさん)

2人《ふたり》の激闘《げきとう》を見《み》つめていたメリッサも出久《いずく》に気《き》づく。

「博士《はかせ》を、救《たす》けます！　だから、みんなを！」

出久《いずく》の意図《いと》を受《う》けとったメリッサが、コクリとうなずき——、

「ええ、救《たす》けるわ！」

床《ゆか》を蹴《け》って最上階《さいじょうかい》にあるシステムルームにむかって走《はし》りだす！

「追《お》え！　逃《に》がすな！」

ボス敵《ヴィラン》の号令《ごうれい》で、少《すこ》し離《はな》れたところから出久《いずく》たちの戦《たたか》いの行方《ゆくえ》を見《み》ていた片目《かため》レンズの敵《ヴィラン》が、はじかれたようにメリッサを追《お》いかける。

「ここは行《い》かせない！」

けれど一瞬早《いっしゅんはや》く、保管室《ほかんしつ》の出入《でい》り口《ぐち》に先《さき》まわりした出久《いずく》が立《た》ちふさがる。

「調子《ちょうし》に乗《の》るなぁ！」

ボス敵《ヴィラン》が出久《いずく》へと金属片《きんぞくへん》をはなつ。が、両手《りょうて》をクロスして耐《た》える。

「……み、みんなを、オールマイトを……」

怒《いか》りにまかせて大量《たいりょう》の金属片《きんぞくへん》をはなちつづけるボス敵《ヴィラン》。

じりじりと出久《いずく》の足《あし》が後退《こうたい》しはじめる。

けれども絶対《ぜったい》に踏《ふ》みとどまるんだ、と出久《いずく》は強《つよ》く心《こころ》に誓《ちか》う。

保管室《ほかんしつ》を脱出《だっしゅつ》したメリッサも、出久《いずく》の意志《いし》を受《う》けとって走《はし》る。

「……みんなを、パパを……」

攻撃《こうげき》に耐《た》える出久《いずく》の体《からだ》を、おそいかかる金属片《きんぞくへん》が飲《の》みこんでいく。

それでも。

「……絶対《ぜったい》に……」

その強固《きょうこ》な意志《いし》に支《ささ》えられたメリッサが、最上階《さいじょうかい》のシステムルームのドアを開《ひら》いた。

メインコンピュータのキーボードへと飛《と》びつく。

指《ゆび》がキーの上《うえ》をすべるように操作《そうさ》して、警備《けいび》システム画面《がめん》を呼《よ》びだした。

「救《たす》けるの！」

設定変更《せっていへんこう》を示《しめ》すボタンを、力強《ちからづよ》くメリッサが押《お》す。

瞬《まばた》きほどの静寂《せいじゃく》ののち、モニターの警備《けいび》システムがすべての箇所《かしょ》で、オールクリアを示《しめ》す正常《せいじょう》

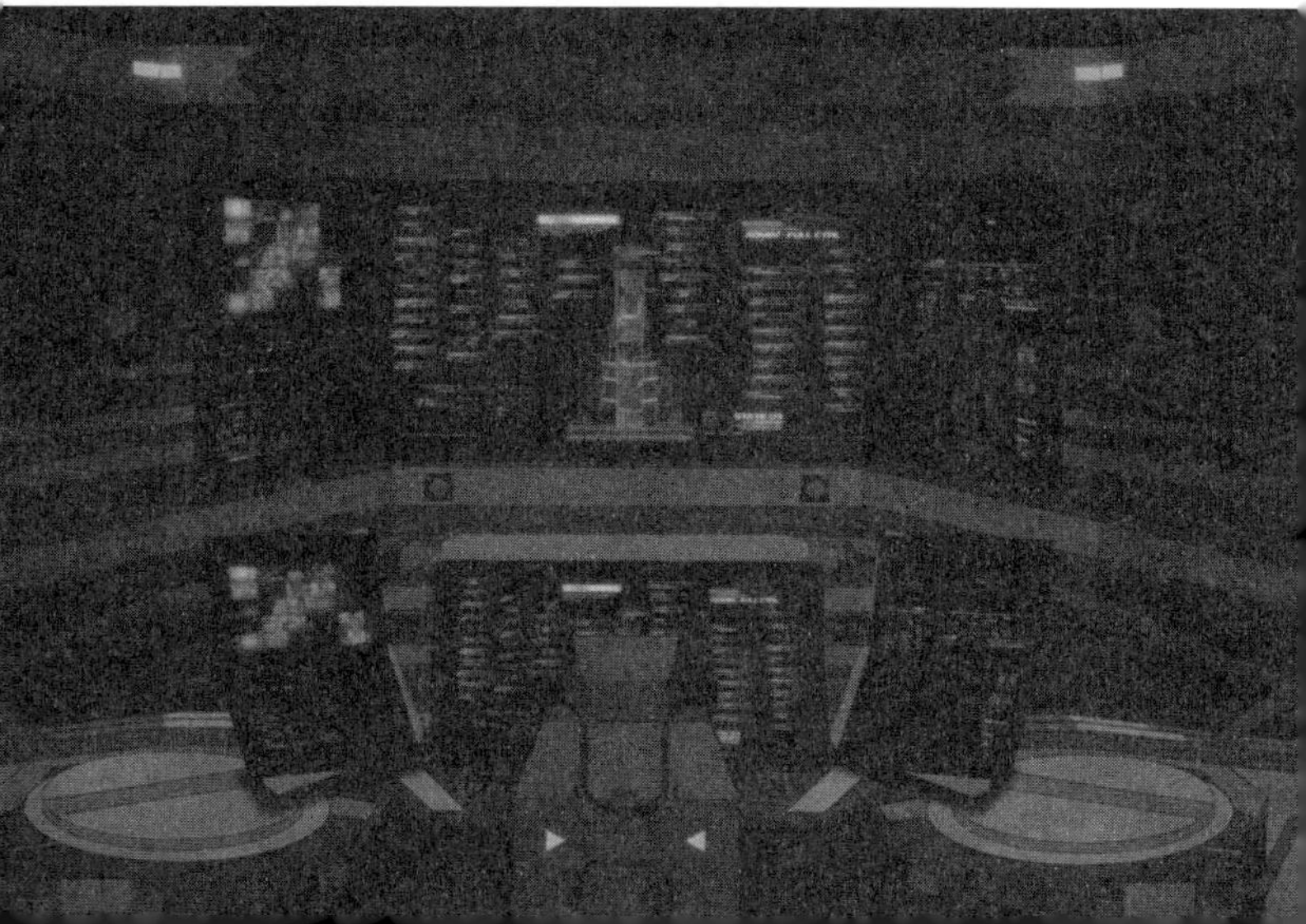

値《ち》にもどっていく。

金属片《きんぞくへん》に飲《の》みこまれた出久《いずく》を照《て》らすように、薄暗《うすぐら》かった保管室《ほかんしつ》に照明《しょうめい》がともる。

「警備《けいび》システムを――もどしたのか！」

ゼイハアと肩《かた》で息《いき》をつきながら金属《きんぞく》のカタマリに近《ちか》づいていたボス敵《ヴィラン》が、いまいましげに吐《は》きすてた。

★★ MHA ★★

同時刻《どうじこく》――一五〇階《かい》。

轟《とどろき》たちをおそっていた警備《けいび》マシンが一斉《いっせい》に停止《ていし》する。

「なんだ？」

爆豪《ばくごう》の手《て》には不発《ふはつ》に終《お》わった爆発《ばくはつ》の名残《なごり》がくすぶっている。

お茶子《ちゃこ》がパッと表情《ひょうじょう》をかがやかせて、吹《ふ》き抜《ぬ》けを見《み》あげた。

「止《と》まった！」

一三〇階《かい》。

飯田《いいだ》や八百万《やおよろず》、耳郎《じろう》、峰田《みねた》、上鳴《かみなり》を拘束《こうそく》し取《と》りかこんでいた警備《けいび》マシンも動《うご》きを停止《ていし》。

「緑谷《みどりや》くんたち、やってくれたか！」

作戦《さくせん》の成功《せいこう》に、飯田《いいだ》が喜《よろこ》びの声《こえ》をあげる。

セントラルタワーをふくめたＩ《アイ》・アイランド全域《ぜんいき》にも、セキュリティモードの変更《へんこう》を伝《つた》えるアナウンスが流《なが》れだした。

『皆様《みなさま》には大変《たいへん》ご迷惑《めいわく》をおかけしました。Ｉ《アイ》・アイランドの警備《けいび》システムは、通常《つうじょう》モードとなりました』


この放送《ほうそう》におどろいたのは、レセプション会場《かいじょう》で見張《みは》りをしていた敵《ヴィラン》たちだ。

「な、なんでいきなり！」

「何《なに》がどうなって……！」

とまどいあわてる2人《ふたり》の敵《ヴィラン》の背後《はいご》には、ゆらりと揺《ゆ》らめく大《おお》ぜいの超有名《ちょうゆうめい》ヒーローたち。

人質《ひとじち》の安全《あんぜん》さえわかれば、彼《かれ》らがおとなしく捕《つか》まってやる義理《ぎり》はない。

「「「たあああ！」」」

「うわああああああ!!!」

〝個性《こせい》〟を駆使《くし》して自由《じゆう》に飛《と》びかかるヒーローたちによって、敵《ヴィラン》はあっという間《ま》に制圧《せいあつ》された。

オールマイトが手《て》をだす必要《ひつよう》のないほどに、頼《たの》もしいヒーローの仲間《なかま》たち。

そのチャンスを作《つく》ってくれたのは――、

「やりとげてくれたかみんな!」

ぐっと拳《こぶし》を握《にぎ》ったオールマイトの体《からだ》からは、少《すこ》しずつ変身《へんしん》のとける煙《けむり》が立《た》ちはじめていた。

MHA

警備《けいび》システムをもどされたというのに、最上階《さいじょうかい》の保管室《ほかんしつ》に滞在《たいざい》しているボス敵《ヴィラン》は、余裕《よゆう》の表情《ひょうじょう》さえ浮《う》かべていた。

出久《いずく》にむけていた手《て》をおろし、デスクに置《お》きっぱなしのアタッシェケースを持《も》ちあげる。

「しかし、もう遅《おそ》い。目的《もくてき》のブツは手《て》に入《はい》った。ヘリに乗《の》りこみ脱出《だっしゅつ》するぞ」

「は、はいっ」

長居《ながい》は無用《むよう》だとばかりに歩《ある》きだすボス敵《ヴィラン》たちは、デヴィットを連《つ》れて、金属《きんぞく》でがんじがらめになっている出久《いずく》の横《よこ》を通《とお》りすぎた。

「……う、うう……っ」

見《み》おくるしかない状況《じょうきょう》で、けれどももがきつづける出久《いずく》の信念《しんねん》が、その表面《ひょうめん》に小《ちい》さなヒビを入《い》れる。ヒビはやがて亀裂《きれつ》となり、パキパキと金属片《きんぞくへん》がはがれだす。

「ああーっ!!」

力《ちから》の限《かぎ》りにさけんだ出久《いずく》の体《からだ》が金属《きんぞく》から解放《かいほう》され——、出久《いずく》はそのまま床《ゆか》に倒《たお》れこんだ。

「はあはあはあ」

息《いき》が荒《あら》い。ただでさえ、全身《ぜんしん》を強化《きょうか》するワン・フォー・オールの〝個性《こせい》〟は、使《つか》うために多大《ただい》なエネルギーを必要《ひつよう》とする。けれど、このままでは諸悪《しょあく》の根源《こんげん》は野《の》ばなしのまま、デヴィットを救《すく》うこともできない。

(う、動《うご》け……動《うご》けよ緑谷出久《みどりやいずく》。自分《じぶん》はなんのためにここにいる……?)

出久《いずく》は、必死《ひっし》にふるえる自分《じぶん》の手足《てあし》に語《かた》りかける。

(今《いま》、僕《ぼく》にできることをやるんだ!)

力《ちから》を振《ふ》りしぼるようにして立《た》ちあがる。

まだだ、まだ間《ま》にあう。まだ、ヤツらはそこにいるんだ。

敵《ヴィラン》たちを追《お》って走《はし》りだした出久《いずく》の姿《すがた》を、正常化《せいじょうか》したモニターでメリッサが見《み》つけた。

「パパ……デクくん！」

フルパワーでのフル・ガントレットの耐用回数《たいようかいすう》はおそらくあと二回《かい》。

何《なに》か、ほかに、彼《かれ》の救《たす》けになることは――。

ハッとしたメリッサは、いそいでオールマイトに連絡《れんらく》した。

「マイトおじさま！」

メリッサは、自分《じぶん》の父親《ちちおや》と出久《いずく》の状況《じょうきょう》を必死《ひっし》で伝《つた》えた。

#07 2人《ふたり》の英雄《ヒーロー》

セントラルタワーの最上階《さいじょうかい》には、海《うみ》にかこまれた人工島《じんこうとう》からの移動手段《いどうしゅだん》として、屋上《おくじょう》へリポートがある。

あらかじめローターをまわして待機《たいき》させていたヘリに、ボス敵《ヴィラン》はデヴィットをかついでやって来《き》た。

ドアを開《あ》け、乱暴《らんぼう》にデヴィットをヘリの後部《こうぶ》へおろす。

「……私《わたし》を、殺《ころ》せ……」

「もう少《すこ》しだけ罪《つみ》を重《かさ》ねよう。その後《あと》で望《のぞ》みを叶《かな》えてやる」

くっとノドの奥《おく》で笑《わら》いながら、ボス敵《ヴィラン》が乗《の》りこもうとしたそのとき。

「待《ま》て！」

プロペラの音《おと》に負《ま》けないさけび声《ごえ》が聞《き》こえて、ボス敵《ヴィラン》は振《ふ》りむいた。

ついさっき金属《きんぞく》のカタマリにしたはずの出久《いずく》が、ぼろ雑巾《ぞうきん》のような姿《すがた》でそこにいる。

「博士《はかせ》をかえせ——！」

「なるほど。悪事《あくじ》を犯《おか》したこの男《おとこ》を捕《と》らえに来《き》たのか？」

ボス敵《ヴィラン》はからかうように言《い》いながら、周囲《しゅうい》の金属片《きんぞくへん》を出久《いずく》に差《さ》しむけた。

その攻撃《こうげき》をフル・ガントレットをつけた腕《うで》で受《う》けながら、出久《いずく》の足《あし》は少《すこ》しずつ前《まえ》に進《すす》む。

「違《ちが》う！　僕《ぼく》は博士《はかせ》を救《たす》けに来《き》たんだ！」

「犯罪者《はんざいしゃ》を？」

「僕《ぼく》はみんなを救《たす》ける！　博士《はかせ》も救《たす》ける！」

「お前《まえ》、何《なに》言《い》ってんだ？」

バカにしたように言《い》うボス敵《ヴィラン》に、出久《いずく》はカッと目《め》を見《み》ひらいた。

「うるせえ！　ヒーローはそうするんだ！　困《こま》っている人《ひと》を救《たす》けるんだ！」

「――どうやって？」

正義《せいぎ》の信念《しんねん》とやらをのたまう出久《いずく》の前《まえ》で、ボス敵《ヴィラン》は攻撃《こうげき》を止《や》め、デヴィットに銃口《じゅうこう》をむけた。

途端《とたん》、ハッとした出久《いずく》の動《うご》きが止《と》まる。

「……まったく、ヒーローって不自由《ふじゆう》だよなあ。たったこれだけで身動《みうご》きが取《と》れなくなる」

片手《かたて》の銃《じゅう》はデヴィットのこめかみにむけたまま、もう片方《かたほう》の手《て》で金属片《きんぞくへん》を出久《いずく》にむける。

「どっちにしろ、利口《りこう》な生《い》き方《かた》じゃない」

おとなしく金属片《きんぞくへん》の攻撃《こうげき》を受《う》け、倒《たお》れた出久《いずく》を、ボス敵《ヴィラン》は一度《いちど》さげすんだ目《め》で見《み》つめ、それからヘリに乗《の》りこんだ。操縦席《そうじゅうせき》にいる敵《ヴィラン》にあごをしゃくる。

「だせ！」

ローターの回転《かいてん》が増《ま》し、ヘリがゆっくりと飛翔《ひしょう》していく。

その音《おと》を聞《き》きながら、倒《たお》れている出久《いずく》が、ぐっと手《て》を握《にぎ》りこんだ。

「……そ、それでも……」

利口《りこう》じゃなくても。それがどんなに理不尽《りふじん》な状況《じょうきょう》でも。

ヒーローは人《ひと》を救《たす》けるんだ。救《たす》けるヒーローになりたいんだ。


「それでも救《たす》けるんだあああっっ!!」


金属片《きんぞくへん》を押《お》しのけ立《た》ちあがった出久《いずく》は、全身《ぜんしん》に力《ちから》をめぐらせながらヘリにむかってジャンプし、

「こいつ！」

地上《ちじょう》から浮《う》いたばかりのヘリの足《あし》にしがみつく！

バタバタと屋上《おくじょう》へ駆《か》けあがってきたメリッサは、ヘリにしがみついている出久《いずく》を見《み》つけて祈《いの》る

ようにさけぶ。

「デクくん！」

けれどその声《こえ》は、うなるようにまわるプロペラのせいで、出久《いずく》には聞《き》こえない。

ヘリの中《なか》へとぐいっと体《からだ》を引《ひ》きあげる出久《いずく》に、デヴィットが気《き》づく。

「やめるんだ。緑谷《みどりや》くん、逃《に》げろ……！」

「メリッサさんが……！　メリッサさんが待《ま》ってます！」

その言葉《ことば》に、どこかあきらめた様子《ようす》だったデヴィットの顔《かお》に変化《へんか》が見《み》えた。

「……たしかに、おまえはヒーローだ」

ヘリの中《なか》でやれやれと首《くび》を横《よこ》に振《ふ》り、ボス敵《ヴィラン》は銃口《じゅうこう》を出久《いずく》にむけた。

「バカだけどな」

ガウンッ、と発射《はっしゃ》された銃弾《じゅうだん》を、出久《いずく》はとっさにフル・ガントレットで受《う》け、はじく。

体《からだ》は空中《くうちゅう》に投《な》げだされ――それでも、ヘリに手《て》を伸《の》ばす。

（あきらめるな！　考《かんが》えろ！　どうする、どうすれば……！）

空《くう》を切《き》る手《て》はヘリに届《とど》かず、出久《いずく》は地面《じめん》に転《ころ》がりおちた。

「ぐっ！」

「デクくん！」

駆《か》けよるメリッサの前《まえ》で、出久《いずく》は倒《たお》れたまま拳《こぶし》を地面《じめん》にたたきつけた。

あざ笑《わら》うようにゆっくり空《そら》へとのぼっていくヘリをにらみあげた視界《しかい》が、くやしさにじわりとにじみだす。

「クソッ、ちくしょー！　かえせ、博士《はかせ》をかえせ！　博士《はかせ》を……！」

「こういうときこそ！」

そのときだ。辺《あた》りにオールマイトの声《こえ》がひびく。

ハッとして顔《かお》をあげた出久《いずく》は、セントラルタワーの下《した》の方《ほう》から飛《と》んでくる何《なに》かを見《み》つけた。

「笑《わら》え、緑谷少年《みどりやしょうねん》！」

ドヒュンッと、ものすごい速《はや》さでマントをひるがえし空《そら》を飛《と》んできたオールマイトが、出久《いずく》とメリッサに影《かげ》を作《つく》る。

「もう大丈夫《だいじょうぶ》、なぜって!?」

見慣《みな》れた、そして最高《さいこう》の笑顔《えがお》が2人《ふたり》の前《まえ》にズシンッと地面《じめん》をとどろかせて着地《ちゃくち》する。

「私《わたし》が、来《き》た！」

息《いき》をつく間《ま》もなく地面《じめん》を蹴《け》りあげ、ヘリに突《つ》っこむオールマイト。

「オールマイト！」

「親友《しんゆう》をかえしてもらうぞ」

ニカッと笑《わら》ったオールマイトは、まるで嵐《あらし》のようなすばやさでデヴィットを抱《かか》え、ヘリから飛《と》びおりる。

出久《いずく》たちのもとに着地《ちゃくち》したオールマイトの背後《はいご》で、操縦不能《そうじゅうふのう》になったヘリが墜落《ついらく》、爆発《ばくはつ》した。

「パパ、パパ！」

「……メ、メリッサ……」

メリッサが泣《な》きじゃくりながらデヴィットに抱《だ》きつく。

「……よ、よかった……」

ようやく果《は》たした親子《おやこ》の再会《さいかい》を地面《じめん》に倒《たお》れたまま確認《かくにん》して、出久《いずく》はホッと息《いき》をついた。

けれどメリッサを胸《むね》に抱《だ》きとめるデヴィットの顔《かお》に、晴《は》れやかさはない。

「……オールマイト、私《わたし》は……」

ギィンッ！

会話《かいわ》の途中《とちゅう》で、唐突《とうとつ》にはなたれた金属片《きんぞくへん》が、オールマイトをはじき飛《と》ばした。

「な!?」

おどろいたオールマイトが態勢《たいせい》を整《ととの》えるより早《はや》く、爆炎《ばくえん》の中《なか》からボス敵《ヴィラン》があらわれた。

腕《うで》を一閃《いっせん》、〝個性《こせい》〟によって引《ひ》きよせられた金属片《きんぞくへん》が、あっという間《ま》にデヴィットをさらい、取《と》りこんでしまう。

「パパ!」

「博士《はかせ》!」

墜落《ついらく》したヘリの残骸《ざんがい》が引《ひ》きよせられるように集《あつ》まって、ボス敵《ヴィラン》の体《からだ》が見《み》る間《ま》に肥大化《ひだいか》する。

「……サムめ……オールマイトは〝個性《こせい》〟が減退《げんたい》して、往年《おうねん》の力《ちから》はなくなったとか言《い》ってたくせに」

全身《ぜんしん》を金属《きんぞく》でおおったボス敵《ヴィラン》が、憎々《にくにく》しげに声《こえ》を荒《あら》らげた。

取《と》りこまれたデヴィットの姿《すがた》はもう見《み》えない。

「往生際《おうじょうぎわ》が悪《わる》いな!」

言《い》うと同時《どうじ》に立《た》ちあがったオールマイトが、ボス敵《ヴィラン》にむかって拳《こぶし》をブンッと振《ふ》りあげて――、

「**TEXAS《テキサス》 SMASH《スマッシュ》!**」

渾身《こんしん》の一撃《いちげき》をはなつ!

だが、オールマイトの拳《こぶし》は、すばやくあらわれた巨大《きょだい》な金属《きんぞく》のカタマリによって防《ふせ》がれた。

「何《なに》!?」

不敵《ふてき》に笑《わら》うボス敵《ヴィラン》の足元《あしもと》には、フタの開《あ》いたアタッシェケース。

そしてその頭《あたま》には、後頭部《こうとうぶ》からおおうように伸《の》びた四本《ほん》の装置《そうち》が装着《そうちゃく》されていた。

「さすがデヴィット・シールドの作品《さくひん》……〝個性《こせい》〟が活性化《かっせいか》していくのがわかる……ははは、いいぞこれは。いい装置《そうち》だ!」

凶悪《きょうあく》な笑《わら》い声《ごえ》とともに、周囲《しゅうい》の機械《きかい》がボス敵《ヴィラン》に集《あつ》まっていく。

つぎつぎと取《と》りこみ巨大《きょだい》さを増《ま》すその姿《すがた》に、オールマイトたちがおどろいた様子《ようす》で言《い》った。

「こ、これがデイヴの……」

「パパが作《つく》った装置《そうち》の力《ちから》……」

〝個性《こせい》〟増幅装置《ぞうふくそうち》──。

見《み》あげるほどに巨大化《きょだいか》したボス敵《ヴィラン》が、体《からだ》から機械《きかい》のカタマリを発射《はっしゃ》する。

オールマイトはパワーをみなぎらせた腕《うで》をタテにして、つぎつぎに飛来《ひらい》する機械片《きかいへん》を防《ふせ》ぐ──

だが、その圧倒的《あっとうてき》な数《かず》と威力《いりょく》に押《お》されていく。

「オ、オールマイト……」

出久《いずく》はそんな彼《かれ》の邪魔《じゃま》にならないように、ボス敵《ヴィラン》の攻撃《こうげき》の余波《よは》からメリッサをかばいながら背《せ》

中《なか》を見《み》つめる。

おかしい。いつもの——誰《だれ》もが知《し》っているオールマイトの力《ちから》なら——。

防戦一方《ぼうせんいっぽう》のオールマイトの体《からだ》から、もくもくと白《しろ》い煙《けむり》が吹《ふ》きだしている。

その様子《ようす》に、出久《いずく》はハッとした。

(やっぱりそうだ……！　今日《きょう》はパーティーからずっとマッスルフォームだったから活動限界《かつどうげんかい》なんだ！)

残《のこ》り時間《じかん》は、おそらく、もってあと数分《すうふん》ほどしかない。

そのピンチを知《し》っているのは、この場《ば》でオールマイトと出久《いずく》だけだ。

「装置《そうち》の価値《かち》をつりあげるためにも、オールマイトをブッ倒《たお》すデモンストレーションといこうか！」

高笑《たかわら》いとともに巨大《きょだい》ボス敵《ヴィラン》が全身《ぜんしん》から金属《きんぞく》をはなつ。

無数《むすう》の金属《きんぞく》がオールマイトに迫《せま》る！

メリッサを守《まも》ることで精一杯《せいいっぱい》の出久《いずく》は、悲鳴《ひめい》にも似《に》た声《こえ》で名前《なまえ》を呼《よ》ぶことしかできなかった。

「オールマイト！」

そんな出久《いずく》のうしろから、爆破《ばくは》の炎《ほのお》や氷結《ひょうけつ》、雷《かみなり》やミサイルが、オールマイトに迫《せま》る金属《きんぞく》のカタマリを撃《う》ちおとした。

「あ！」

振《ふ》りかえった出久《いずく》の前《まえ》に、バラバラに戦《たたか》っていた雄英高校《ゆうえいこうこう》ヒーロー科《か》、1年《ねん》A組《エーぐみ》の姿《すがた》が。

「あんなクソだせえラスボスに何《なに》やられてんだよ、え、オールマイト!?」

眉間《みけん》にシワをよせメンチを切《き》った爆豪《ばくごう》が、オールマイトに怒声《どせい》を浴《あ》びせる。

彼《かれ》なりの心配《しんぱい》と発破《はっぱ》のかけ方《かた》が乱暴《らんぼう》なのはいつものことだ。

「今《いま》のうちに敵《ヴィラン》を！」

八百万《やおよろず》たちが巨大敵《きょだいヴィラン》に攻撃《こうげき》をつづけ、轟《とどろき》がさけぶ。

体《からだ》から立《た》ちのぼる白煙《はくえん》の中《なか》、オールマイトは口元《くちもと》の血《ち》をぬぐって、ニカッと笑《わら》った。

「教《おし》え子《ご》たちにこうも発破《はっぱ》をかけられては、限界《げんかい》だなんだと言《い》ってられないな。限界《げんかい》を超《こ》えて、更《さら》に向《む》こうへ……そう、Ｐｌｕｓ《プルス》 Ｕｌｔｒａ《ウルトラ》だ！」

高《たか》らかに宣言《せんげん》し、オールマイトが巨大《きょだい》ボス敵《ヴィラン》にむかって走《はし》りだす。巨大《きょだい》ボス敵《ヴィラン》がはなった三《みっ》つの鉄柱《てっちゅう》に飛《と》びのり、せまり来《く》る金属片《きんぞくへん》はクロスさせた筋肉《きんにく》ではじき飛《と》ばす。

そのままものすごいスピードで必殺技《ひっさつわざ》を叩《たた》きこもうと、オールマイトは拳《こぶし》を振《ふ》りあげる。

「ＣＡＲＯＬＩＮＡ《カロライナ》 ＳＭＡＳＨ《スマッシュ》！」

「ぐあっ!!」

ボロボロと崩《くず》れる機械《きかい》におおわれた顔《かお》の隙間《すきま》から、動揺《どうよう》がかすかに見《み》えた。

「観念《かんねん》しろ敵《ヴィラン》」

再《ふた》びオールマイトが拳《こぶし》を叩《たた》きこもうとするが、ワイヤーでがんじがらめにされてしまう。

「観念《かんねん》しろ!?　そりゃおまえだ」

さけぶボス敵《ヴィラン》の腕《うで》が、オールマイトの首《くび》をわしづかみにした。

(ほかにも〝個性《こせい》〟が!?)

機械《きかい》におおわれていないただの腕《うで》が、オールマイトをしめあげる。

「オールマイト!　――ぐっ!」

救《たす》けようと駆《か》けだした出久《いずく》だが、体《からだ》に激痛《げきつう》が走《はし》りしゃがみこんでしまう。

なんとか振《ふ》りはらおうとするオールマイト。そうはさせじとボス敵《ヴィラン》は首《くび》をつかむ手《て》に力《ちから》をこめる。

「ぐはっ!」

オールマイトの口《くち》から血《ち》しぶきが飛《と》んだ。

(この力《ちから》……筋力増強《きんりょくぞうきょう》までも!?　〝個性《こせい》〟の複数持《ふくすうも》ち……ま、まさか…!)

オールマイトの脳裏《のうり》に、忘《わす》れられない男《おとこ》の影《かげ》がよぎる。

それを見《み》すかしたかのように、ボス敵《ヴィラン》がオールマイトに顔《かお》をよせた。

「……この強奪計画《ごうだつけいかく》を練《ね》っているとき、あの方《かた》から連絡《れんらく》がきた。是非《ぜひ》とも協力《きょうりょく》したいと言《い》った。

なぜかと聞《き》いたら、あの方《かた》はこう言《い》ったよ」

あの方《かた》——それは、そんな、まさか……。

「『オールマイトの親友《しんゆう》が悪《あく》に手《て》を染《そ》めるというなら、是《ぜ》が非《ひ》でもそれを手伝《てつだ》いたい。その事実《じじつ》を知《し》ったオールマイトの苦痛《くつう》にゆがむ顔《かお》が見《み》られないのが残念《ざんねん》だけれどね……』」

そんなセリフをのたまう人物《じんぶつ》を、まちがえるわけがない。

耳《みみ》にささやきかけるボス敵《ヴィラン》の声《こえ》が、あの男《おとこ》——オール・フォー・ワンの声《こえ》に重《かさ》なって、オールマイトの顔《かお》が苦痛《くつう》にゆがんだ。

ボス敵《ヴィラン》が鼻《はな》で笑《わら》い、

「ようやくニヤケ面《づら》がとれたか」

ボス敵《ヴィラン》の〝個性《こせい》〟により無数《むすう》の巨大《きょだい》な金属《きんぞく》のカタマリが、オールマイトをおそう。

「「**オールマイト！**」」

爆豪《ばくごう》と轟《とどろき》がさけぶ。

金属《きんぞく》のカタマリに閉《と》じこめられていくオールマイトに、お茶子《ちゃこ》たちもさけぶ。

「先生《せんせい》！」

「オールマイト！」

「マイトおじさま！」

生徒《せいと》たちのさけびにボス敵《ヴィラン》は口元《くちもと》をゆがめて笑《わら》う。

「さらばだ、オールマイト」

体《からだ》から立《た》ちのぼる蒸気《じょうき》ごと、無数《むすう》の金属《きんぞく》がオールマイトの姿《すがた》をおおい——その場《ば》にいた全員《ぜんいん》が動《うご》けない中《なか》、

「**DETROIT《デトロイト》 SMASH《スマッシュ》!!**」

一体《いったい》いつの間《ま》にいたのだろう。

出久《いずく》が、フル・ガントレットを装着《そうちゃく》した腕《うで》を振《ふ》りかぶって金属《きんぞく》のカタマリに突進《とっしん》した。

フルパワーのSMASH《スマッシュ》をはなてるのはあと一回《いっかい》！

「緑谷少年《みどりやしょうねん》！　そんな体《からだ》で……なんて無茶《むちゃ》な！」

「だって……困《こま》ってる人《ひと》を救《たす》けるのが、ヒーローだから……！」

オールマイトとともに地面《じめん》に着地《ちゃくち》した出久《いずく》が、ぎこちない笑顔《えがお》を見《み》せる。

その顔《かお》と、ボロボロのカッコウが最高《さいこう》に不釣合《ふつりあ》いで、最高《さいこう》にカッコいいじゃないか。

オールマイトはニカッと歯《は》を見《み》せ、出久《いずく》にグッと親指《おやゆび》を立《た》てた。

「HAHAHA《ハハハ》、なるほど、確《たし》かに今《いま》の私《わたし》はほんの少《すこ》しだけ困《こま》っている」

オールマイトを出久《いずく》は力強《ちからづよ》く見《み》つめる。

「手《て》を貸《か》してくれ緑谷少年《みどりやしょうねん》！」

「はい！」

「行《い》くぞ」

オールマイトと並走《へいそう》する出久《いずく》にも、ボス敵《ヴィラン》は大量《たいりょう》の金属片《きんぞくへん》の雨《あめ》を降《ふ》らせる！

「ゴミのぶんざいで往生際《おうじょうぎわ》がわりぃんだよ！」

「そりゃてめぇだろうがあ！」

オールマイトと出久《いずく》にむけられているボス敵《ヴィラン》の攻撃《こうげき》を、すべて爆発《ばくはつ》させながら爆豪《ばくごう》がどなりかえした。

さらに、轟《とどろき》の氷結《ひょうけつ》の救《たす》けを受《う》けながら進《すす》む、出久《いずく》たちの見《み》すえる先《さき》は、巨大化《きょだいか》した敵《ヴィラン》のみ。

その頭上《ずじょう》には、今《いま》までにないほど巨大《きょだい》な四角《しかく》い鉄《てつ》のカタマリが！

けれど2人《ふたり》はひるまない。さらに走《はし》る速度《そくど》をあげる。

(目《め》の前《まえ》にある危機《ピンチ》を……全力《ぜんりょく》で乗《の》りこえ、人々《ひとびと》を全力《ぜんりょく》で救《たす》ける。それこそが、ヒーロー!!!)

鉄《てつ》のカタマリをぶつけようと、腕《うで》を前《まえ》につきだす巨大《きょだい》ボス敵《ヴィラン》。

だが、出久《いずく》とオールマイトは同時《どうじ》にジャンプ！

2人《ふたり》のヒーローが、その拳《こぶし》を振《ふ》りあげる。

「ダブル」

「DETROIT《デトロイト》」

「「SMASH《スマッシュ》――!!!」」

出久《いずく》とオールマイトの拳《こぶし》が巨大《きょだい》ボス敵《ヴィラン》の頭部《とうぶ》にビシリと突《つ》きささり、くだけちった。

「行《い》け――!!」

その勢《いきお》いのまま、お茶子《ちゃこ》たちからのエールを背《せ》に、2人《ふたり》はボス敵《ヴィラン》の中心部《ちゅうしんぶ》へと突《つ》っこんで行《い》く。

「「更《さら》に向《む》こうへ！」」

2人《ふたり》は拳《こぶし》にすべての力《ちから》をこめて――。

「「Plus《プルス》 Ultra《ウルトラ》!!」」

かけ声《ごえ》とともに、ボス敵《ヴィラン》に叩《たた》きこむ！

「おお、おおおお！　おおおおおお！！！」

2人《ふたり》こんしんの一撃《いちげき》を受《う》けて、ボロボロと崩《くず》れていく巨大《きょだい》ボス敵《ヴィラン》。

それと同時《どうじ》に解放《かいほう》されたデヴィットは、ゆっくりと目《め》を開《あ》けた。

「！」

そこには、昔《むかし》の若《わか》いオールマイトが光《ひかり》の中《なか》に立《た》っているのが見《み》えた。

しかし、次《つぎ》の瞬間《しゅんかん》、出久《いずく》の姿《すがた》があらわれる。

まるで違《ちが》う見《み》た目《め》のはずなのに、デヴィットは出久《いずく》に若《わか》かりしころのオールマイトの姿《すがた》を重《かさ》ねて見《み》たのだ。


断末魔《だんまつま》の声《こえ》をあげながら崩《くず》れつづける巨大《きょだい》ボス敵《ヴィラン》の機械部分《きかいぶぶん》が、ヘリポートからはみだして、なだれのように下層《かそう》へと広《ひろ》がり落《お》ちていく。

着地《ちゃくち》する出久《いずく》の腕《うで》に装着《そうちゃく》されたフル・ガントレットも、最後《さいご》の拳《こぶし》の衝撃《しょうげき》で、こなごなに砕《くだ》け――

そうして、そのなだれが止《と》まり――、

「やったぞ！」

「敵《ヴィラン》をやっつけたぜ！」

「うおー！」

全員《ぜんいん》の歓声《かんせい》が空《そら》にひびく。

その様子《ようす》を見《み》あげていた爆豪《ばくごう》と轟《とどろき》の顔《かお》には微笑《ほほえ》みがうかんでいた。

ふと、爆豪《ばくごう》を見《み》る轟《とどろき》。

それに気《き》がついた爆豪《ばくごう》はハッと我《われ》にかえり、ケッと顔《かお》をそむけてやったのだった。


ふとあげた顔《かお》に、光《ひかり》が射《さ》した。目《め》を細《ほそ》めて見《み》つめる先《さき》で、ゆっくりと朝陽《あさひ》がのぼりだす。

戦《たたか》いは終《お》わった。

――新《あたら》しい日《ひ》の出《で》とともに、終《お》わったのだ。

自身《じしん》で集《あつ》めた金属片《きんぞくへん》に押《お》しながされて、気絶《きぜつ》しているボス敵《ヴィラン》。

その近《ちか》くに、倒《たお》れたデヴィットの姿《すがた》がある。

まぶたに射《さ》す光《ひかり》と遠《とお》くに聞《き》こえる歓声《かんせい》に、デヴィットはゆっくりと意識《いしき》を取《と》りもどしはじめた。

「……う……」

「救《たす》けにきたぞ、デイヴ」

「……あ、ありがとう、オールマイト……」

微笑《ほほえ》んで差《さ》しだされる手《て》は、あのころと違《ちが》う。

弱々《よわよわ》しく差《さ》しだしたデヴィットの手《て》を、ボロボロのオールマイトの手《て》が引《ひ》きあげる。

力強《ちからづよ》さは比《くら》べるまでもない。けれど、

「礼《れい》なら、緑谷少年《みどりやしょうねん》とメリッサに言《い》うべきだ」

心《こころ》に熱《ねつ》をこめた熱《あつ》い想《おも》いは、変《か》わらずデヴィットに伝《つた》わってくる。


喜《よろこ》びをわかちあっていたメリッサと出久《いずく》が、デヴィットの無事《ぶじ》を確認《かくにん》する。

「……パパ……よかった……本当《ほんとう》に……」

今度《こんど》こそ今《いま》にも倒《たお》れそうなほどフラついている出久《いずく》に、メリッサが微笑《ほほえ》む。

「ありがとう。デクくんたちのおかげで、みんなを救《たす》けることができた」

「メリッサさんもです」

「？」

きょとんとした表情《ひょうじょう》で見《み》つめるメリッサに、出久《いずく》も笑顔《えがお》をかえず。

「僕《ぼく》は、メリッサさんのフル・ガントレットに何度《なんど》も救《すく》われました。ありがとうございます」

三回《かい》――とても大事《だいじ》な場面《ばめん》で、フルパワーで三回《かい》のスマッシュをはなてたのは、フル・ガントレットにこめられた彼女《かのじょ》の熱《あつ》い想《おも》いのおかげだ。

「デクくん……」

「あ、でもすみません。壊《こわ》しちゃって……」

いいのよ、と泣《な》き笑《わら》いでこたえるメリッサを、朝陽《あさひ》がやわらかく包《つつ》みこんだ。


「メリッサから大体《だいたい》の事情《じじょう》は聞《き》いたよ」

出久《いずく》以外《いがい》の生徒《せいと》に見《み》えないところで、デヴィットの応急処置《おうきゅうしょち》をほどこしたオールマイトが言《い》う。

崩《くず》れた無数《むすう》の金属《きんぞく》の中《なか》に、壊《こわ》れた装置《そうち》を見《み》つけたデヴィットが、そっとそれに触《ふ》れながら、ポツリポツリとこぼしはじめた。

「私《わたし》は、君《きみ》という光《ひかり》を失《うしな》うのが、きずきあげた平和《へいわ》が崩《くず》れていくのが怖《こわ》かった。……だが、私《わたし》の考《かんが》えも、この装置《そうち》も、しょせんは現状維持《げんじょういじ》の産物《さんぶつ》でしかない。未来《みらい》が、希望《きぼう》がすぐそこにあるというのに、私《わたし》はそれに気《き》づかなかった……」

デヴィットの計画《けいかく》にとって、オールマイトの登場《とうじょう》はもちろん想定外《そうていがい》のことだった。

だから、メリッサが彼《かれ》を呼《よ》んだとわかったとき、親友《しんゆう》との再会《さいかい》を素直《すなお》に喜《よろこ》べずに動揺《どうよう》した。

一瞬《いっしゅん》、計画《けいかく》の延期《えんき》さえ考《かんが》えた。


(……だが)


これでよかったとデヴィットは思《おも》う。

メリッサが彼《かれ》をここに呼《よ》んでくれて、本当《ほんとう》によかった。

涙《なみだ》でぬれた瞳《ひとみ》で、安心《あんしん》したように微笑《ほほえ》むメリッサを見《み》あげる。

「メリッサが私《わたし》の後《あと》を継《つ》いで科学者《かがくしゃ》になろうとしているように、ミドリヤ・イズク……彼《かれ》が……」

その隣《となり》にたたずむ出久《いずく》を見《み》て、それからオールマイトに視線《しせん》をむける。

「君《きみ》の後《あと》を継《つ》ぐ者《もの》なんだな」

「まだまだ未熟者《みじゅくもの》さ。しかし、彼《かれ》は誰《だれ》よりもヒーローとしてかがやける可能性《かのうせい》を秘《ひ》めている」

「私《わたし》にも見《み》えるよ、トシ……」

いや──ようやく見《み》えた、というべきか。

まぶしい朝陽《あさひ》が不安《ふあん》でくもっていた心《こころ》に射《さ》しこんで、デヴィットはまぶしそうに目《め》を細《ほそ》めた。

「君《きみ》と同《おな》じ光《ひかり》が……」

それはまだ小《ちい》さいけれど。

オールマイトと初《はじ》めて出会《であ》ったあのときのように、デヴィットの心《こころ》に広《ひろ》がっていく確信《かくしん》がある。

「ヒーローのかがやきが——！」

#08 更《さら》に向《む》こうへ

Ｉ《アイ》‐アイランド居住区《きょじゅうく》に設置《せっち》された街頭《がいとう》の大型《おおがた》テレビは、昨日《きのう》のニュースを大々的《だいだいてき》に報《ほう》じている。

『昨日未明《きのうみめい》、独立研究機関《どくりつけんきゅうきかん》・学術人工移動都市《がくじゅつじんこういどうとし》《Ｉ《アイ》‐アイランド》で起《お》きた警備《けいび》システムの不具合《ふぐあい》は、Ｉ《アイ》‐アイランドに不法侵入《ふほうしんにゅう》した敵《ヴィラン》の仕業《しわざ》であることがわかりました。その犯行目的《はんこうもくてき》は不明《ふめい》ですが、Ｉ《アイ》‐アイランドの市長《しちょう》は原因究明《げんいんきゅうめい》に全力《ぜんりょく》を尽《つ》くすとのコメントを発表《はっぴょう》しています』

まじめな口調《くちょう》でくりかえすアナウンサーの声《こえ》が道行《みちゆ》く人々《ひとびと》の関心《かんしん》を奪《うば》う中《なか》、おつかれ様会《さまかい》を兼《か》ねた焼肉《やきにく》に連《つ》れて来《こ》られたA組《エーぐみ》の面々《めんめん》は、むしろ肉《にく》の焼《や》け具合《ぐあい》を気《き》にしていた。

「なあなあ、オイラのインタビューは？　美女《びじょ》でハーレムは？」

「だから無理《むり》」

話題《わだい》にでても、峰田《みねた》の不満《ふまん》がくりかえされるくらいのもので。

「いくら人助《ひとだす》けとはいえ、俺《おれ》たちは無免許《むめんきょ》で敵《ヴィラン》と戦《たたか》った」

「真相《しんそう》を明《あ》かすことはできませんわ」

何度《なんど》もくりかえす文句《もんく》に、飯田《いいだ》と八百万《やおよろず》がぴしゃりと告《つ》げる。

「そんなあ……オイラはなんのためにがんばったんだよぉ〜〜」

「まあまあ、焼《や》き肉食《にくた》べて元気《げんき》だそう！　がんば！」

大活躍《だいかつやく》には違《ちが》いない峰田《みねた》に、お茶子《ちゃこ》がいち早《はや》く焼《や》けた肉《にく》を取《と》りわけてやる。

上鳴《かみなり》が、峰田《みねた》の背中《せなか》をはげますようにパシンと叩《たた》いた。

「オールマイトのおごりだ。食《く》わなきゃ損《そん》だって」

「わかってらい！　食《く》ってやる、食《く》ってやるとも——！」

みんな、峰田《みねた》の言葉《ことば》に笑《わら》いながら、オールマイトが焼《や》いてくれた熱々《あつあつ》の肉《にく》をほおばった。


焼《や》き肉《にく》パーティーがおわった、その数時間後《すうじかんご》——出久《いずく》は、I《アイ》・アイランドの海《うみ》が一望《いちぼう》できる丘《おか》の上《うえ》から、トゥルーフォームのオールマイトと水平線《すいへいせん》を見《み》つめていた。

敵《ヴィラン》との戦《たたか》いは終《お》わった。けれど、問題《もんだい》がすべて解決《かいけつ》したわけじゃない。

「オールマイト、博士《はかせ》は、どうなるんでしょう……？」

「生真面目《きまじめ》な男《おとこ》だからね」

まだ病院《びょういん》のベッドにいるデヴィットを思《おも》いだしながら、オールマイトは静《しず》かにまぶたを閉《と》じる。

「ケガが治《なお》ったら、罪《つみ》をつぐなうために自《みずか》ら出頭《しゅっとう》するだろう」

そのときのメリッサの気持《きも》ちを思《おも》うと、出久《いずく》の心《こころ》もズキンと痛《いた》む。

「博士《はかせ》は、オールマイトのためを思《おも》ってしたことなのに……ううん、僕《ぼく》がワン・フォー・オールを受《う》け継《つ》いだ者《もの》として、もっとしっかりしていれば、こんなことには……」

出久《いずく》は握《にぎ》りしめた拳《こぶし》を見《み》た。

この手《て》が無事《ぶじ》だったのはメリッサのフル・ガントレットがあったからだ。

「緑谷少年《みどりやしょうねん》、そんな風《ふう》に考《かんが》えても時《とき》はもどらない。それに、ヒーローをつづけていけば、この先《さき》、こんなかなしい事件《じけん》にあうことはいくらでもある」

「………」

唇《くちびる》を噛《か》みしめる出久《いずく》に、オールマイトはヒーローとしての厳《きび》しい現実《げんじつ》を突《つ》きつけた。

みんなを救《たす》ける。すべての人《ひと》のヒーローになる。

けれど、最初《さいしょ》からできるわけじゃない。

「それがイヤならヒーローになるのやめるか？　やめちゃうか？」

「やめません！」

たたみかけてくるオールマイトに、出久《いずく》はぐんっと顔《かお》をあげた。

「僕《ぼく》はなるんです！　オールマイトのように、笑顔《えがお》で人《ひと》を救《たす》ける最高《さいこう》のヒーローに！」

足《あし》を止《と》めたら、そこで終《お》わりだ。

〝無個性《むこせい》〟でもあきらめなかった。

だから、出久《いずく》は今《いま》ここにいる。

それはきっとメリッサも同《おな》じ。

この事件《じけん》で傷《きず》ついた彼女《かのじょ》は、それでもまた必《かなら》ず前《まえ》をむいて、デヴィットと同《おな》じ――いや、もしかしたらお父《とう》さんを超《こ》える発明家《はつめいか》になれるはず。

道《みち》は違《ちが》えど、目指《めざ》す志《こころざし》は同《おな》じ。

(大切《たいせつ》な仲間《なかま》で、ヒーローだ！)

出久《いずく》の決意《けつい》を受《う》けたオールマイトが、真剣《しんけん》なまなざしを出久《いずく》にむける。

「なら、このかなしみを乗《の》りこえて進《すす》め」

「はい。――更《さら》に向《む》こうへ」

出久《いずく》も真剣《しんけん》な表情《ひょうじょう》でうなずきかえす。

この道《みち》につづく光《ひかり》を手《て》にするために。
どんな困《こま》ってる人《ひと》も、笑顔《えがお》で救《たす》けられる正義《せいぎ》のヒーローになるために。
今《いま》はもうおだやかな街《まち》に降《ふ》りそそぐ太陽《たいよう》が、キラキラとまぶしくかがやきつづける。
それはまるで、けわしい道《みち》を射《さ》す心《こころ》のかがやきだ。
オールマイトが、ぐっと拳《こぶし》を前《まえ》に突《つ》きだした。出久《いずく》も拳《こぶし》をまっすぐ伸《の》ばし——、

「「Plus《プルス》 Ultra《ウルトラ》!」」

2人《ふたり》の決意《けつい》が、はるか水平線《すいへいせん》にまでひびきわたった。

この本は、映画『僕のヒーローアカデミア THE MOVIE ～2人の英雄～』（二〇一八年八月公開）をもとにノベライズしたものです。

また、映画『僕のヒーローアカデミア THE MOVIE ～2人の英雄～』は、ジャンプコミックス『僕のヒーローアカデミア』（堀越耕平／集英社）を原作として映画化されました。

集英社みらい文庫

僕《ぼく》のヒーローアカデミア
THE《ザ》 MOVIE《ムービー》 ～2人《ふたり》の英雄《ヒーロー》～
ノベライズ　みらい文庫版《ぶんこばん》

堀越耕平《ほりこしこうへい》　原作／総監修／キャラクター原案
小川《おがわ》 彗《すい》　著
黒田洋介《くろだようすけ》　脚本

ファンレターのあて先
〒101-8050　東京都千代田区一ツ橋2-5-10　集英社みらい文庫編集部
いただいたお便りは編集部から先生におわたしいたします。

2018年8月8日　第1刷発行
2021年9月13日　第9刷発行

発行者　北畠輝幸
発行所　株式会社 集英社
〒101-8050　東京都千代田区一ツ橋2-5-10
電話　編集部 03-3230-6246
読者係 03-3230-6080
販売部 03-3230-6393（書店専用）
http://miraibunko.jp
装丁　辻智美（バナナグローブスタジオ）　中島由佳理
印刷　凸版印刷株式会社
製本　凸版印刷株式会社

★この作品はフィクションです。実在の人物・団体・事件などにはいっさい関係ありません。
ISBN978-4-08-321455-4　C8293　N.D.C.913　202P　18cm

登《とう》場《じょう》人《じん》物《ぶつ》

小《しょう》6。小《しょう》1のときに恐怖体験《きょうふたいけん》をしたことがきっかけで、科学《かがく》の勉強《べんきょう》をはじめる。サイエンス・エンターテイナー（科学《かがく》を使《つか》ったショーを見《み》せる人《ひと》のこと）の父親《ちちおや》をもつ。

リクトのクラスメイト。恐怖《きょうふ》を感《かん》じると瞳《ひとみ》の色《いろ》が灰色《はいいろ》に変《か》わる体質《たいしつ》をもつ。こわがりだけど勇気《ゆうき》のある女《おんな》の子《こ》。

花咲山小旧校舎《はなさきやましょうきゅうこうしゃ》の裏山《うらやま》には**【死神《しにがみ》と目《め》が合《あ》うと魂《たましい》をうばわれる】**という伝説《でんせつ》がある。ある日《ひ》**リクト**は、旧校舎《きゅうこうしゃ》で肝試《きもだめ》しする生徒《せいと》から野良猫《のらねこ》を守《まも》るため、自作《じさく》した**“恐怖《きょうふ》ミラー作戦《さくせん》”**で彼《かれ》らを追《お》い払《はら》う――が、直後《ちょくご》に悲鳴《ひめい》が聞《き》こえ…!? **「死神《しにがみ》を見《み》た」**とおびえる生徒《せいと》たち。**リクト**は得意《とくい》の**科学《かがく》**を使《つか》い、クラスメイトの**アカネ**と一緒《いっしょ》に死神《しにがみ》の正体《しょうたい》にせまるが…!?

死神伝説《しにがみでんせつ》

我《われ》は山《やま》と魂《たましい》を同《おな》じくする者《もの》。
山《やま》の意思《いし》にしたがい、山《やま》を守《まも》る者《もの》を我《われ》もまた守《まも》るであろう。
だが山《やま》を荒《あ》らす者《もの》をゆるさぬであろう。
我《われ》はその者《もの》と目《め》を合《あ》わせ魂《たましい》をうばうであろう。

怪奇伝説《かいきでんせつ》バスターズ
科学《かがく》であばく!!
旧校舎死神《きゅうこうしゃしにがみ》のナゾ!?
りょくち真太《しんた》・作
シソ・絵
科学《かがく》はオカルトを解明《かいめい》する!
“死神伝説《しにがみでんせつ》”にたちむかえ!!
2021年《ねん》
9月《がつ》17日《にち》(金《きん》)発売予定《はつばいよてい》!!

「みらい文庫《ぶんこ》」読者《どくしゃ》のみなさんへ

言葉《ことば》を学《まな》ぶ、感性《かんせい》を磨《みが》く、創造力《そうぞうりょく》を育《はぐく》む……、読書《どくしょ》は「人間力《にんげんりょく》」を高《たか》めるために欠《か》かせません。

たった一枚《いちまい》のページをめくる向《む》こう側《がわ》に、未知《みち》の世界《せかい》、ドキドキのみらいが無限《むげん》に広《ひろ》がっている。

これこそが「本《ほん》」だけが持《も》っているパワーです。

学校《がっこう》の朝《あさ》の読書《どくしょ》に、休《やす》み時間《じかん》に、放課後《ほうかご》に……。いつでも、どこでも、すぐに続《つづ》きを読《よ》みたくなるような、魅力《みりょく》に溢《あふ》れる本《ほん》をたくさん揃《そろ》えていきたい。読書《どくしょ》がくれる、心《こころ》がきらきらしたり胸《むね》がきゅんとする瞬間《しゅんかん》を体験《たいけん》してほしい、楽《たの》しんでほしい。みらいの日本《にほん》、そして世界《せかい》を担《にな》うみなさんが、やがて大人《おとな》になった時《とき》、「読書《どくしょ》の魅力《みりょく》を初《はじ》めて知《し》った本《ほん》」「自分《じぶん》のおこづかいで初《はじ》めて買《か》った一冊《いっさつ》」と思《おも》い出《だ》してくれるような作品《さくひん》を一所懸命《いっしょけんめい》、大切《たいせつ》に創《つく》っていきたい。

そんないっぱいの想《おも》いを込《こ》めながら、作家《さっか》の先生方《せんせいがた》と一緒《いっしょ》に、私《わたし》たちは素敵《すてき》な本作《ほんづく》りを続《つづ》けていきます。「みらい文庫《ぶんこ》」は、無限《むげん》の宇宙《うちゅう》に浮《う》かぶ星《ほし》のように、夢《ゆめ》をたたえ輝《かがや》きながら、次々《つぎつぎ》と新《あたら》しく生《う》まれ続《つづ》けます。

本《ほん》を持《も》つ、その手《て》の中《なか》に、ドキドキするみらい――。

本《ほん》の宇宙《うちゅう》から、自分《じぶん》だけの健《すこ》やかな空想力《くうそうりょく》を育《そだ》て、〝みらいの星《ほし》〟をたくさん見《み》つけてください。

そして、大切《たいせつ》なこと、大切《たいせつ》な人《ひと》をきちんと守《まも》る、強《つよ》くて、やさしい大人《おとな》になってくれることを心《こころ》から願《ねが》っています。

2011年《ねん》 春《はる》

集英社《しゅうえいしゃ》みらい文庫《ぶんこ》編集部《へんしゅうぶ》